それでも、桜は咲き

矢口敦子

幻冬舎文庫

それでも、桜は咲き

目次

それ以前

3・1（火）

葉子《ようこ》がキッチンでジャガイモの皮をむいていると、赤ん坊の泣き声がかすかに聞こえた。あ、また、と思う。また隣で赤ん坊が泣きじゃくっている。

隣の赤ん坊が激しく泣くのは、引っ越してきてからもう三度目だった。隣が引っ越してきたのは今年の二月半ばぐらいのことである。ぐらいとしかいえないのは、隣は引っ越しの挨《あい》拶《さつ》に来なかったし、顔を合わせることもいまのところないからだ。マンションの同じ階の二戸で一台のエレベーターを共用しているのに、奇妙なことだった。あるいは、生活時間がまるでちがっているのかもしれない。ちなみに、隣としかいえないのは、玄関はおろか郵便受けにも名前を出していないせいである。

赤ん坊は泣き出すと、三十分かそれ以上泣きやまない。赤ん坊が泣きやむのに三十分が長いのか短いのか、葉子には分からない。葉子はまだ子供を育てたことがない。弟とは九歳近く離れているけれど、弟が赤ん坊の時は葉子自身子供だったのだから、そのころのことを参考にはできない。となると、三十歳になる今日まで、赤ん坊と親しく接触した経験は皆無だといえた。

けれども、気になる。マスコミでよく幼児虐待の話を耳にするから、というよりも赤ん坊の声がなにか訴えるようであるからだ。

隣のドアを叩《たた》いてみようか。そうも思う。しかし、面識のない家のドアを叩いて、お子さん大丈夫ですか、と言うのは勇気がいることだった。それでなくても、葉子は気の小さな人間なのである。

心の耳をふさぐうちに、いつの間にか赤ん坊の泣き声はやんでいた。

葉子はこの日の家計簿に『四時ごろ、隣の赤ん坊泣く。三度目。』とだけ記した。

三年前に結婚して以来ずっとつけている家計簿だったが、レシートをよくなくすので、支出を記入するよりもその日の出来事を書きつける日記然となっている。小学校の夏休みの宿題の日記を毎年最後の日にやっつけで書いて母親を嘆かせていたことを思えば、これは驚くべき変化だった。母親が聞いたら、喜ぶことまちがいなしだ。もっとも葉子は、親はもちろん誰にも日記のような家計簿をつけているなどと明かすつもりはなかったけれど。

3・2（水）

今日の家計簿は、多少なりとも家計簿然とした内容になった。

『ヨーグルト、一個128円×3』

ほかにもハムや牛肉などを買ったのだけれど、それがいくらしていたのか正確に思い出せなかった。ヨーグルトの値段だけ特売でひどく安かったので覚えていたのである。

ヨーグルトを夫の新一《しんいち》は嫌いである。だから、葉子の独占的な食べ物だ。安い時にはいつも買う。新一の好物は牛肉で、それは一週間に最低一度は安くなくとも買う。

3・3（木）

桃の節句だ。しかし、三十の大台に突入して、すでに結婚している女にとって、桃の節句にどんな意味があるだろう。

子供のころは楽しかった。家には七段のひな飾りがあって、一週間くらい前から飾りつけた。そして、夜は食卓にちらし寿司とクリームでおひなさまの絵が描かれたケーキが並んだ。

すべて母親の手製だった。仕事で忙しい父親の姿がないことはあったけれど、母親と弟と三人でにぎやかに食べた。翌日になると、葉子がお嫁にいき遅れることがないようにと、ひな飾りは手早く片づけられた。

ひな飾りが翌日早々にしまわれたおかげかどうか、葉子の結婚は友人の中ではかなり早いほうだった。しかも、共稼ぎしなくてもすむ人と結婚できた。おかげで葉子は不動産会社を寿退社でき、同僚から羨望《せんぼう》の目で見られた。

だが、それがよかったかどうか、いまとなってみると分からない。銀行マンの新一の帰宅は遅い。一日の大半を、葉子はマンションで一人ぽつねんとすごす。おしゃべりをすることが少なくなったので、声が出にくくなったと感じるくらいだ。暇つぶしはもっぱらテレビの視聴だ。興味深い番組があればいいけれど、どんなに興味深くても、いや、興味深ければ興味深いほどすべてのチャンネルでくりかえし放送されるので、すぐに飽きてしまう。それでも漫然と見つづけている。

食品を買いにいって、フラワーショップの店頭に桃の花を見つけた。可憐《かれん》なピンクの花に胸がくすぐられる気がした。思わず一束買った。花束には桃のほかに菜の花も入っていた。部屋に飾ると、気分が華やいだ。それで、桃の節句が息を吹きかえした。

夜、母親を真似てちらし寿司を作った。はじめて作ったのだが、我ながらいい味にできたと思う。しかし、誉《ほ》めてくれる人はいなかった。新一は今日も日付が変わってからのご帰還だった。寿司の残った分は、明日の葉子の昼食になるだろう。

　今日の葉子の家計簿には、『なにもなかった。』と記された。

3・4（金）

晴れていたけれど、かなり寒かった。葉子たちは、ベッドの上にマットレスではなく蒲団《ふとん》を敷いて寝ている。青空につられてベランダに蒲団を干したのだが、かえって冷たくなったように感じられた。それで、蒲団乾燥機を使って温め直した。

　十二時に帰ってきた新一は、蒲団に入っても暖かいともふっくらしているとも言わなかった。どうせなにも感じないのなら、蒲団など干したり乾燥機をかけたりするのはよそう、葉子はそう思った。

　しかし、今日の家計簿にはそうは書かなかった。今日の家計簿は新一が蒲団に入る前に書き終わっている。

『浴室に脱ぎ捨てた新一のワイシャツから香水の匂いがした。なに、これ。』

　香水の匂いはフローラル系で、葉子の使っているものとはちがう。ただ、ほとんど錯覚かと思われる程度の匂いだったので、新一を問いつめるにはいたらなかった。

いや、明確に匂ったとしても、新一を問いつめる気力が葉子にあったかどうかは怪しかった。「きっと電車で移ったんだよ。香水のきつい女が後ろから俺のつかまっている吊革《つりかわ》にしがみついていたから」とでも言い訳されるのがオチだと、想像がついたから。

3・5（土）

今日は新一が仕事もつきあいも一切ないというので、葉子は十時まで寝ていた。新一は十一時、朝食がテーブルに並ぶまでベッドにいた。いつも通りの休日の朝だ。

ただし、朝食後もいつもの休日というわけではない。今日は新一とデパートへ行く約束をしている。

三月十二日に大学時代の友人の結婚式がある。それに出席するためのドレスがほしい。しかし、葉子一人では決められない。それで、新一に見てもらうことになったのだ。新一は、俺になんか分かるかなー、と迷惑そうだったし、葉子も心許《こころもと》なかったけれど、ほかにいないので仕方がない。

実は、先週、母親に見てほしいとたのみ、母親もいったんは承知したのだが、直前でキャンセルされたのだ。五十肩になったのだという。葉子が家にいたころは丈夫だけが取り柄と自認していた母親も、年には勝てないらしい。このごろよく体の不調を訴える。肩が痛むくらい、デパートを歩きまわるのに支障なさそうなものだが、無理強いすれば、それならそちらも家事の手伝いに来てよ、と交換条件を出されそうなので、黙ってひっこんだ。

家事の手伝いが嫌なわけではない。母親だけなら、暇なのだし、たいして遠いところに住んでいるわけでもないのだし、頻繁に実家へ帰りたい。しかし、実家には弟がいる。高校一年の終わりに引きこもりというわけの分からない存在となってしまった弟が。だから、結婚後はほとんど家に寄りつかない。

トーストとコーヒーの簡単な朝食後、すぐに支度をして家を出た。

新一と外出するのは久しぶりだ。なんとなく心が浮きたつ。

並んで歩きながら、新一が手をつなごうとしたので、葉子は思わず飛びのいた。

「なんで」

「十代のカップルじゃないんだから」

「アラ・サーは手をつないじゃいけないって？」

新一は口をへの字に曲げた。大股《おおまた》になって、先に歩いていく。

だって、高校生の時、手をつないで歩いているいい年のカップルを見てみっともないと思ったから……葉子は心の中でつぶやく。

ふっと、ゆうべ新一のワイシャツから匂いたったフローラルの香りを思い出した。浮きたった心が沈んだ。


デパートへ行くと、気分は持ち直した。

新一は、あまり葉子が買う物にクレームをつけない。葉子がけっこう高いと思う物を買っても、こだわらない。葉子がそれほど買い物をする女ではないせいかもしれない。

小一時間ほど渉猟した結果、九万八千円のボレロつきの紺のワンピースと、五万九千八百円のワインレッドのカクテルドレス然としたワンピースが候補に残った。どちらも同程度に似合うと店員が言うので、迷った。葉子自身は九万八千円のほうを気に入ったのだけれど、予算をだいぶオーバーしている。こちらを選んだら、靴を新調する余地がなくなる。

そこへ、ひょいと新一が口を出した。

「そっちの紺のほうがいいんじゃないの」

それで、九万八千円のほうを買うことが決まった。店員はドレスを包みにいく際に、すれちがった同僚にVサインを出したものである。

「バッグや靴も合わせなくていいの」

と新一に言われ、葉子のほうがどぎまぎした。

「え、いいの」

「ドレスだけ新調っていうのもね」

それはまあ、そうだ。

靴とバッグを合わせてさらに十万円近くが飛んだ。新一は平然とカードで決済した。なんて気前がいいのだろう。

新一も葉子も普通のサラリーマンの家庭で育った。それなのに二人が同じような金銭感覚を身につけていないのは、多分新一が勤め先で大量の紙幣を目にしているからなのだろう。もちろん、たまに大きな買い物をしても困らないだけの給料ももらっている。しかし、葉子は大きな買い物をすると、心地よい反面、不安にもなる。父方の叔父が勤めていた銀行が倒産したと大騒ぎしたのを、しっかりと記憶していたからだ。

『私、貧乏性すぎ。』と、葉子はその日の家計簿に記した。ドレスや靴、バッグの値段をそのあとに記入し、小首をかしげた。

それにしても今日の新一は、サービスがよすぎはしなかっただろうか。夕食にフカ鰭《ひれ》スープまで食べたのだ。疚《やま》しいところのある夫はこんなふうにサービス過多になるものだと、なにかの本に書いてなかっただろうか。それとも、誰かがテレビでしゃべっていた。

葉子は知らずに、ボールペンの尻で昨日の記入を叩いていた。『浴室に脱ぎ捨てた新一のワイシャツから香水の匂いがした。なに、これ。』

3・6（日）

日曜日には十時すぎに起床するのが習慣化している。しかし、今日はちがった。電話の呼び出し音で九時に起こされた。鳴ったのは固定電話ではなく、葉子の携帯である。

葉子はベッドから這《は》い出して、充電器から携帯をとりあげ、ダイニングキッチンへ入っていった。しぶい目蓋《まぶた》をこじあけて液晶画面を見ると、『徳永友香里《ゆかり》』と表示されている。十二日に結婚することになっている友人だ。

「もしもし」

『もしもし、おはよう、もしかして、まだ寝ていた？』

とびきり元気な声が流れてきた。

「寝ていたわよ。どうしたの、こんなに早く」

『私の感覚では早くはないんだけど？』

「あら、えらいのね」

『それほどでも』

友香里は皮肉の通じない人間だ。

「で、なんの用？」

『もうこっちへ来る切符は買っちゃった？』

こっちというのは仙台である。結婚式は仙台でとり行なわれる。

友香里は仙台の人間だ。大学だけ、葉子と同じ東京のそこそこ有名な私立大学を出た。就職も東京でするのかと思っていたら、地元のほうが有利な職につけると、さっさとひきあげてしまった。なるほど、仙台市の図書館員になれたのだから、地元のほうがよかったのだろう。葉子たちの就活時代は第一次就職氷河期に属していた。葉子など、就職できたのは、出た学部とはまったく無関係な会社の事務職だった。

「まだ買っていない」

葉子が答えると、友香里は、

『よかったあ』

ますます元気な声をあげた。

「なあに、行かなくてもよくなったなんて言うんじゃないでしょうね」

『そんなことあるわけないじゃない。来る日にちを変えてほしいだけだよ』

「どういうこと」

『新居への荷物の搬入とか、結婚前にしとかなきゃならないことが全部、昨日のうちに終わってしまったの。それで、時間があいたのよ』

「すごいね」

『うん。それで、金曜日に独身最後のガールズトークがしたいと思って』

ガールズトークといえば聞こえがいいけれど、友香里の場合飲み会だろう。友香里は葉子の知るかぎり女性で一番の酒豪だ。嫌な予感がした、と思ったら、案の定友香里は言った。

『金曜日の夜来られる？』

「えー、ほかに誰が一緒なの。私、はじめての人とはちょっと……」

葉子と友香里の共通の女友達は仙台にはいないはずだ。東京から結婚式に出席するのは葉子ともう一人、松山美咲《みさき》だけだと聞いている。大学時代は美咲を含めた三人でつるんでいた。しかし、美咲は葉子や友香里とちがってキャリアウーマンの道をまっしぐらに進んでいる。ひどく忙しそうで、同じ東京に暮らしているのに、仙台に住む友香里とよりも疎遠になっている。美咲はおそらく友香里の最後のガールズトークなんかに来る時間を惜しむだろう。とすると、見知らぬ女性ばかりにかこまれることになる。葉子は人見知りだ。それに、金曜日の夜はひそかに計画していることもあった。

しかし、友香里は言った。

『はじめての人はいないわ。あなたと美咲と三人よ』

「え、美咲が来るの」

『うん。彼女は有休をとって、朝から来る。仙台とかはじめてだから、観光したいって言っていた』

「へえ、仕事の虫がどういう風の吹きまわし」

『うーん。なにか思うところがあるみたい。ね、あなたも来るでしょう』

どうしよう。

「でも、そうすると、泊まりがけってことよね」

披露宴は十二日の午後一時からだったから、その日の午前中の早い新幹線に乗れば余裕で間に合う計算だった。だから、葉子は仙台に泊まることをまったく考えていなかった。

『宿の心配はしなくていいわよ。結婚式のセットプランの中に、遠くから来る人のための宿泊費が含まれていて、そのうちの一部屋があいているの。来ると見込んでいた大阪の親戚がいろいろあって来られなくなって、キャンセルしてもその分だけお安くなるというわけでもないから、ただで提供できるんだ。いい話でしょう？』

そうかもしれない。

「でも……」

『なにを迷っているの。まさかダンナが宿泊を許さないっていうんじゃないよね』

それはない。新一にはすでに十一日に発《た》つと言ってある。新一は不快そうにもせず、承知した。

「ダンナは大丈夫」

『じゃあ、決まりだね』

友香里は独断する。待ち合わせ場所と時間を一方的に告げ、葉子がおしゃべりモードに切り換えようかと思った瞬間に、あ、朝ご飯ができたから、と電話を切られてしまった。

朝ご飯、きっと母親が作って食卓に並べて、準備万端整ったところで友香里を呼ぶのだろう。友香里はやさしい母親をもっている。

葉子は朝食の支度をしようかと立ち上がりかけ、時計を見て思いとどまった。まだ九時十分だ。新一が起きてくるまで二時間近くある。

寝直そうかとも思ったが、中途半端な眠りになるだろうし、それに頭もすっかり覚めてしまった。

葉子は壁のカレンダーを眺めた。

「三月十一日、か」

葉子は、葉子にしては大胆な計画を企《たくら》んでいた。外泊すると思わせて、新一の様子を探るつもりだったのだ。新一が誰か女の子をともなってマンションに帰ってこないかどうか。

葉子は新一の浮気を疑っている。

新一がもし一人で帰ってきたら、急に母親に呼び出されて新幹線に乗り遅れたと言い訳すればいい。新一は母親が五十肩なのを知っている。そして、もし誰かを連れてきたら……友香里の結婚式に参列することさえできなくなるかもしれない。

新一を探るのは、またの機会にしたほうがいいと、葉子は考えを変えた。仙台やその周辺を宿泊費無料で観光できるチャンスを無にすることもない、というだけでなく、友人の結婚式に参列できない事態に陥るかもしれない行為はさすがにまずいと思いいたったのだ。

葉子は携帯をふたたび開いた。美咲に連絡をとるつもりだ。この時間、さすがに友香里のように電話をする気にはなれないから、メールを打つ。

『久しぶり。友香里のガールズトークに参加するんですって？　私も行くよ。その前に仙台を観光する予定だと友香里から聞いたけれど、私も一緒に行っていい？　会えるの、楽しみにしている。』

美咲から返事が来たのは、夕方になってからだった。直接電話をよこした。

『久しぶり』

はずむようだった友香里の声とちがって、落ち着いた調子だった。聞きようによっては、落ち込んでいるといえるかもしれない。

「ほんとに久しぶり。元気にしていた？」

『まあまあね』

「まあまあ？」

『そっちは？』

「まあまあね」

美咲はくすりとも笑わなかった。

『あなたも観光するのね？』

「そう。仙台城跡くらい観ておきたいと思って。あと松島かな。金曜日の朝に発つなら、せいぜいそのくらいしか観光できないでしょう」

『うん、まあ、そうだね。私もその程度を考えていた』

言葉が途切れた。その先を美咲がつづけようとしないから、葉子は訝《いぶか》りながら確かめた。

「一緒に歩くよね？」

『うん、もちろん』と美咲は言って、気怠《けだる》げにつけくわえた。『一人より二人のほうが楽しいもの』

「そうよね」

待ち合わせの時間と場所を決めて、電話を切った。

この日の葉子の家計簿への記載はこうだった。

『朝九時、友香里の電話で起こされる。美咲とも電話。一年ぶりくらい。なんだか暗い。一緒に観光して楽しいか？　選択まちがえたかも。』

3・7（月）

また一週間がはじまった。いつものウイークデイ通り、葉子は六時、新一は六時半に起床。新一は三十分で朝食と支度をすませ、七時に家を出ていく。そのあと新一が帰宅するまでの長い時間、葉子の一人きりの時間がはじまる。

結婚したてのころは、会社に行かなくていいことが嬉しかった。新一を送り出してから朝寝を楽しんだりもした。最新の話題をテレビで朝から晩まで追いかけ、時間があっという間に経《た》つこともあった。学生時代の一日一冊の読書習慣が復活したこともあった。

しかし、最近は生活のすべてが色褪《いろあ》せて見えた。退屈でたまらなかった。小説もあまり読まなくなった。もともとたいした読書家ではなかったのが、入った大学で本好きにかこまれたものだから、一日一冊の読書習慣が生まれたにすぎなかった。パートにでも出ようかと考えはじめたが、パートとなるとこの経済情勢の下、スーパーのレジ係くらいしかありそうもなく、二の足を踏んでいた。

いや、この現状を打破する唯一の方法を、葉子はとうの昔に知っていた。

「子供、ほしい」

土曜の夜、寝室で新一にそう迫った。しかし、新一は葉子のベッドに入ってくることなく、寝息をたてていた。つまり、葉子は眠っている新一にむかってそう言ったのだけれど。

新一は子供が嫌いだ。婚約していたころ、子供なんかいらないよね、とよく言っていた。とくに子供好きというわけではない葉子は、漫然とその言葉に賛意を示していた。結婚してみたら退屈だったから子供がほしい、などと言い出すのは躊躇《ためら》われる。

なにか新一が心変わりしてくれる出来事でもあればいいのだけれど。

子供嫌いから子供好きになる出来事？　そんなこと、ありっこない。

外は雨だ。洗濯する気にもなれない。買い物も面倒だ。冷蔵庫の中にはまだ食材がある。豊富とはいいがたいけれど、一人で食べる分にはなんとかなる。新一は帰宅が九時をすぎる日には夕食を外で食べる。コンビニから買ってきたおにぎりとかサンドイッチだけだと言っているが、実態はどうか分からない。どちらにしろ、新一は今朝、今月いっぱいは帰りが遅くなると言って出ていった。だから、買い物に出る必要はない。

葉子はソファに寝転がって、テレビを見たり雑誌を眺めたりしながら、一日をすごした。恵まれているといえばいえた。外は驚くほど寒くて雨が雪に変わった時間帯もあったのだから。

今日の家計簿、『日中、雪が降った。積もるかと思った。積もればよかったのに。』新一が雪で滑って転ぶのを漠然と思い描きながら、そう書いた。

3・8（火）

雪は降らなかったけれど、今日もすっきりしない天気だった。冷蔵庫の中をあらためながら、買い物に行かなければならないと葉子が考えていたちょうどその時、固定電話がけたたましく鳴った。

『もしもし』

甲高い声が流れてきた。母親の伸子《のぶこ》だ。葉子は、受話器を心持ち耳から離した。

「もしもし、どうかした」

どうかしなければ、伸子は電話をよこさない。もっとも、彼女の場合、台所にゴキブリが出たとか首相が替わりそうだということでも、どうかしたことになったりする。そして、それはだいたい一週間から十日の割合で起こる。どうも、なにもないのに娘に電話するのはよくないと考えている節がある。

『今朝ごみを出しにいったら道路が凍っていて、滑ったの』

「ああ、そう。気をつけなくちゃね」

新一ではなく、お母さんが滑ったのか。厄介な話になるのではないかと、葉子は身構えた。

『気をつけるもなにも、足首を捻挫《ねんざ》したのよ』

「それは大変」

やっぱり厄介な話になるぞ、これは。

『五十肩にくわえて足首捻挫よ。家事なんかできやしない』

伸子は間を置いた。葉子が手伝いにいこうかと言うのを待っているのだ。手伝うのは嫌ではないのだが、なにしろ実家には引きこもりの弟がいる。とはいえ、娘として放置しておくわけにもいかない。日中葉子が暇なことは伸子も承知している。葉子は溜《た》め息を押し殺して言った。

「分かったわ。これから行く」

『悪いわね』

仲子がにっこり笑う様子が、その声から窺《うかが》えた。

実家は千葉県の柏市《かしわし》にある。柏市といっても中心部からはずれていて、葉子の住む中野のマンションから約一時間半かかる。電話がかかってきてから一時間以内に家を出たが、それでも実家についたのは十二時に近かった。

仲子は、葉子が鳴らしたチャイムで玄関へ出てきた。足をひきずっていたが、包帯などは巻いていない。貼り薬の臭《にお》いがぷんぷんしていた。

「病院へは行っていないの」

「連れていってくれる人がいないもの」

父親は現役のサラリーマンで、妻が捻挫したくらいでは会社を休めない、いや、休まない人だ。

「タクシーで行けばいいじゃないの」

「そんな、ただの捻挫に」

「本当に捻挫なの。骨折っていうことはないの」

「脅かさないでよ」

「脅しているわけじゃなくて」

家に入ると、五十肩の割合にはきれいに掃除がされている。綿埃《わたぼこり》が舞っていた今朝の我が家とくらべれば、ぴかぴかに磨きあげられているといっても言い過ぎではない。だから、少なくとも掃除を求められることはないだろう。

葉子はほっとした。掃除をするとなると、二階へもあがらないわけにいかないだろう。そうなると、二階に棲息《せいそく》する弟と鉢合わせしないともかぎらない。とりあえず、それは避けられたようだ。

「で、なにをすればいいの」

「冷蔵庫がからっぽなの。スーパーへ行ってきて」

でも、その前にお茶をいれて一服したら、という伸子の誘いを断わり、葉子は伸子のママチャリに乗って、最寄りのスーパーへむかう。風が身を切るように冷たい。今年はいつまでも寒いように思える。もっとも、柏は東京より二、三度気温が低いけれど。

生まれて三歳で引っ越してきて（もちろん引っ越しの記憶はない）結婚するまで暮らしていた町だから、懐かしいというよりもまだ自分の町という気分が抜け切っていない。伸子にたのまれたものを探すうちにも、顔見知りとばったり出会う。小学校のＰＴＡで伸子と一緒に役員をやっていたおばさんだ。

「ヨウちゃんじゃないの、久しぶりねえ。どうしたの。中野に住んでいるって聞いたけれど」

「今日は母が凍った道で滑って捻挫して、助《すけ》っ人《と》です」

「あらあ、お大事に」

「ありがとうございます」

行きかけたおばさんは戻ってきて、聞く。

「赤ちゃん？」

「いえ、まだです」

「ああ、そうなの。なんだかふっくらしたみたいだから」

ホホホと笑って、去っていった。

ふっくらした？　太ったということ？　土曜日に買ったドレスはこれまで通りの7号サイズだったのに。

これだから地元に帰ってくるのは嫌だ、と思う。

さっさと買い物をすませて帰れば、玄関に入ったとたんに弟の一久《かずひさ》の気配がある。

玄関わきにあるトイレから、一久が出てくるのにぶつかった。二階にはトイレはない。一久は生理的欲求がある時は、さすがに一階におりてくるしかない。

この前（というのがいつかは思い出せないが）、会った時よりも太ったようだ。服のサイズでいえばＬからＬＬになった。太っても不思議はない。家に閉じこもりっぱなしなのだから。

目と目が合った。赤く充血した目だったが、べつだん凶暴な色は湛《たた》えていない。葉子は一久がいつか暴れ出すのではないかと恐れているのだけれど、まだその兆候はないようだ。あるいは、暴力をふるいだす日など永遠に来ないのかもしれない。幼いころ、一久は決して乱暴な子ではなかった。素直で明るい子だった。それがどうして引きこもりになったのか、葉子には解けない謎である。

「元気？」

咄嗟《とっさ》にそう言うと、一久はぷいと顔をそむけ、足音荒く二階へあがっていった。

声をかけるなんてバカだと自分を叱りながら、葉子は台所へ入っていった。

「ご苦労さん」

居間から伸子が言う。

買ってきたものをすべて所定の場所にしまい、葉子は居間へ行った。小声で、

「一久に玄関で鉢合わせした」

と言ったが、伸子は「ああ、そう」と言っただけで、それ以上一久の話題はつながらなかった。

両親が一久をどうするつもりなのか、これも葉子には謎である。いまはまだ父親が働いているからいいけれど、退職したら黙って大の男を養っていくわけにはいかないではないか。その退職まであとわずか二年だ。再雇用されるということだけれど、それは五年間だけだと聞いている。

でも、一久が引きこもりになって六年であることを考えると、七年後のことまで心配する必要はないのだろうか。

葉子は伸子とともに簡単な昼食を摂《と》り、実家をあとにした。

葉子の今日の家計簿には『災厄の日だった。』と記載された。

3・9（水）

結婚式に出席するために、一年ぶりにパーマをかけた。美容院とかエステティックサロンとかが、葉子は苦手である。お店の人となにかしら会話をしなければならないのが苦痛なのだ。でも、相手は葉子が苦痛を感じているとは気がつかないだろう。鏡の中の葉子はあくまでもにこやかに話に応じている。そして、たとえできあがった髪形が気に入らなくても、いかにも気に入った顔をして店を出るのだ。

一泊旅行となると、手ぶらで行くわけにいかない。美容院から帰ると、葉子はきれいにカールされた頭を押し入れに突っ込み、ブランド物のボストンバッグをひっぱりだした。新婚旅行に行くために買ったボストンバッグである。新婚旅行以来、一度も使っていない。この三年間、どこにも旅行をしていないのだ。

内側のチャックのついたポケットに、なにか入っている。開いてみると、ティッシュペーパーに包まれたピンク色のガラスの欠片《かけら》が出てきた。ガラスの欠片といっても鋭利な部分はどこにもなく、おはじきを一回り大きくしたような形をしている。ミニチュアサイズのワインとか香水とかの瓶の底にも見える。

一瞬戸惑い、それからその時の光景が鮮やかに蘇《よみがえ》った。

新婚旅行にはニューヨークへ行った。滞在日数は三日だったが、ブロードウエイでミュージカルも観たし、五番街やソーホーも満喫した。大都会の中の巨大な公園セントラル・パークの散策も楽しんだ。そのセントラル・パークで、こつんとなにかが葉子の頭に落ちてきた。それがこのガラスの欠片だった。

どこから落ちてきたのか不明だ。鳥が宝物を運ぶ途中で落としたのだろうということで落着したけれど、実のところあの時頭上を鳥が飛んでいたという認識はなかった。

そんなものをティッシュにくるんでわざわざ持ち帰ったわけ……。

葉子は目を閉じて、あの時の気持ちを追憶した。

新一と腕を組んで、頭のてっぺんから足の爪先まで幸せに満たされながらそぞろ歩いていた。そこへ、こつん、である。けっこう痛くて、なにか天からのメッセージのような気がした。浮かれていてばかりではいけない、人生はそれほど甘くない、というような。とはいえ、それは丸くてピンク色をしていたから、結局のところさほど深刻な警告ではないにちがいないと思った。

葉子は目をあけて、ガラスの欠片をためつすがめつした。

こんなものをニューヨークから後生大事に持ってきたなんて、自分も若かったものだ。もっとも、ボストンバッグの中にしまいっぱなし、というよりも忘れ果てていたところをみると、一時の気の迷いだったのだろう。

ごみ箱に捨てようとして、いや、これは燃やせないごみの日に出さなければならないのだから、ごみ箱では駄目だと思い直した。あとで燃やせないごみの袋を作ろうと考え、床の上に置きっぱなしにしていて、いつの間にか忘れてしまった。思い出して床を探した時には、どこかへ紛れてしまったのだろう、見つからなかった。

「こんな狭いうちなのに」

ただし、珍しいことではない。どんなに狭くても、なぜか物は失《う》せてしまうことがある。カレンダーをとめようとして手から落とした花の形の画鋲《がびょう》が一個、どうしても見つからない。この一月からずっとである。

『失せた物は、いずれどこからか出てくるのかしら。』

妙に意味深長な文章だけれど、これは画鋲をなくした日の家計簿の記述である。

今日の家計簿には、ガラスの欠片の発見と紛失については書かない。

『パーマ、九千八百円。かけなきゃよかった。ボストンバッグを準備。嬉しい。一度使ったきりじゃ、勿体《もったい》ないもの。』というのが、今日の文章だ。

3・10（木）

夜中に子供の泣き声が聞こえたような気がして、目覚めた。耳をすますと、確かに聞こえる。

また隣の赤ん坊だろうか。ギャアという声に近く、なにか切迫感がある。赤ん坊虐待のニュースをよくテレビでとりあげていることを考えると、葉子は不安が募った。

「ねえ」

新一に声をかけた。新一は、寝息をたてつづけている。葉子は自分のベッドからおりて、新一の肩を揺さぶった。

「ねえ、起きて」

「なに、もう六時？」

新一はびっくりしたように目をあけた。

「ちがう。子供の泣き声が聞こえるでしょう」

「え？」

「お隣の子供の声じゃないかしら。気になって仕方がないのよ」

新一は目の玉をひん剝《む》くようにして、葉子の顔を見つめた。それから、

「さかりのついた猫だよ」

と、くるりと背中をむけて、蒲団をかぶった。

さかりのついた猫？　そうなのかしら。

葉子は自分のベッドに戻った。まだ泣き声は聞こえているようだけれど、耳にこびりついたというだけのことかもしれない。新一に猫だと断定されれば、それにすがりつきたくもある。同じマンションのしかも隣で赤ん坊の虐待死など、絶対にご免だ。

朝、いつもの時間に起きてきた新一の表情は苦虫を嚙みつぶしたかのようだった。葉子のせいで寝不足なのだろう。葉子は、しかし、謝らなかった。悪いことをしたつもりはない。誰だってあんな声を聞けば不安に感じるだろう。ほかの人の意見を聞いてみたくなるだろう。

新一は新聞を読みながら慌ただしくご飯を食べ、それはいつもと変わりないといえば変わりないのだけれど、眉間《みけん》にできた皺《しわ》から、決してこちらから口をきいてやらないという意固地さが伝わってくる。

葉子と新一はこの三年ほとんど喧嘩《けんか》をしたことがない。新一は滅多に腹をたてない人だった。おまけに葉子が怒ると、原因の追及もせず、すぐさま謝る人だった。だから葉子は、新一が機嫌をそこねている時の対処の仕方を知らないでいた。

この人も怒ることはあるのね。でも、どうしてほんのちょっと寝不足になったくらいで怒らなければならないのかしら。葉子は戸惑うしかなかった。

結局、新一はその朝一言も口をきかずに家を出た。必然的に葉子もずっと唇を結んだまま玄関先まで送り出した。

明日の朝から土曜日の夜までいないのだから、カレーでも作って冷蔵庫に入れておこう。昨日眠りにつくまではそう思っていた。しかし、今日はその気をなくした。外に出ればいくらでも食べ物はあるのだ。コンビニで買ってきてもいいし、外食ですませてもいい。作り置きなど必要ない。

洗濯も掃除も今日じゅうにすませてしまおうと思っていたけれど、洗濯はたいして溜まっていないし、掃除しなければならないほど家の中は汚れていない。あれから一睡もしていない葉子は、ふたたびベッドに潜り込んだ。

いい眠りにはならなかった。激しく泣く赤ん坊の声に耐えきれなくなって、隣家のドアノブをひねった。すると、意外にもドアはあっさりと開き、中から子供が飛び出してきた。泣きながら、葉子のスカートにしがみついた。

「行かないで」

そう泣き叫ぶ子供の顔を見ると、弟の一久なのだった。六、七歳のころの顔つきなのに体はいまの大きさで、無気味だった。

葉子は、心臓を高鳴らして目覚めた。

なんて恐ろしい夢を見たのだろう。寝ているなということかと、起き上がった。しないつもりだった掃除をはじめた。

掃除機をかけるうちに、そういえば現実に似たようなことがあったと、思い出した。八歳十カ月年下の一久は、母親よりも葉子を慕ってよくつきまとった。たいてい葉子はかわいがったけれど、時として邪魔に感じることもあった。たとえば母親がなにか用事で外出する際、一久の面倒は葉子にたくされたものだが、友達と会う約束をして学校から帰ってきた時にいきなり一久を押しつけられると、にっくき邪魔者に変わった。

それでも我慢して家にいるとか一久の手をひっぱって遊びにいくとかしていたが、あれは、そう、葉子が中学三年生の時だった。ある日曜日、葉子は○○君と図書館で勉強をする約束をしていた。いまでは名前も思い出せなくなっている○○君だけれど、当時葉子は彼に恋をしていた。だから日曜日を楽しみにしていたのだが、その前日不運なことに父方の親戚が亡くなり、両親そろって葬式に行ってしまった。一久を連れていってくれればいいのに、置き去りである。図書館で勉強するんだと言うと、一緒に連れていけばいいと無責任な言い草だった。

葉子は困惑し、立腹し、それから一久にむかって言った。

「あんた、来年はもう小学生なんだから、一人でお留守番できるよね」

茫然《ぼうぜん》とした表情の一久を残し、葉子は玄関に鍵をかけていそいそと出かけた。「連れていってよー」という声とそれにつづく泣き声には耳をふさいだ。
○○君とはどのくらいの時間、図書館にいたのだったか。帰り道、辺りの光景が赤く染まっていたと記憶しているから、お昼を食べてから行ったとして、夕方の四時、五時までいたとするなら、三、四時間も一久を一人で放置していたことになる。しかし、葉子が帰りついた時、一久がどういう状態だったのか、さっぱり思い出せない。

何月のことだったかも思い出せないが、まあ、来年小学生という台詞《せりふ》が記憶ちがいでなければ、十二月生まれの一久は六歳にはなっていただろう。六歳の子が一人で留守番できないとは思われないから、一久はおそらくなにごともなく一人の時間をすごしたにちがいない。あるいは、玄関の鍵をあけて、外に遊びにいっていたかもしれない。

「私はなんだっていまごろこんなことを思い出しているのかしら」

葉子は声に出してつぶやいた。掃除機のスイッチを切った時にさらになにかを思い出せそうになった。

固定電話が鳴ったのは、その瞬間である。葉子は思わず首をすくめた。また仲子だろうか。思い出しかけていたものは、記憶の底に落ちていった。

葉子はしかめっ面で受話器をとりあげた。

仲子ならば通じたとたんに言葉を発するが、それがなかった。

「はい、二宮《にのみや》です」

と言った。相手はまだ黙っている。

「もしもし、どちらさまですか」

いきなり電話は切れた。葉子は面食らって受話器を置いた。

まちがい電話だったのだろうか。それならそれで一言、謝罪をしてから切るべきだろうに。このごろマナーを知らない人間が増えている、そう考えたのは、一カ月くらい前にも同じ経験をしていたからだ。電話がかかってきて、なにも言わずに切れた。

嫌がらせ、という言葉が胸に浮かんだが、一カ月に一回程度では嫌がらせには程遠い。やはりまちがい電話なのだろう。

「変な日」

滅多に怒らない新一が怒り、忘れていた中学生のころの出来事を思い出し、まちがい電話がかかってきた。これだけで葉子には充分、日常性に揺らぎが生じたと感じられた。

『日ごろ、どれだけ変化のない時間を送っているんだか！』

そうとだけ、家計簿に記入した。あとから読み返したら、この日なにがあったんだろうと首をひねるかもしれない。

3・11（金）14時45分まで

いよいよ仙台へ行く日である。

美咲とは八時に東京駅の新幹線のフォームで待ち合わせている。七時十五分までには家を出たほうがいいだろう。

少し早いが、出社する新一と一緒に出るつもりだった。昨日までの話である。

ゆうべ新一が帰宅したのは十時だった。今月いっぱい毎晩遅くなるという予定を聞いていたから、夕飯を作っていなかった。帰ってきた新一は冷蔵庫を物色しはじめた。

「食べていないの」

と聞くと、そうだ、と答えた。しようがないから、ありあわせの野菜と肉をいためてビールとともに出した。ご飯はない。昨日の残りが一膳強あったので、葉子はそれを食べてしまい、二日間留守にすることを考えて、炊いていなかった。

「電子レンジでチンするご飯とかって、ないの」

「ないわ、そんなもの」

「非常用に買っておいたほうがいいよな」

その言い方がなんだか押しつけがましくて、葉子はかちんときた。専業主婦にむかって台所のことには口を出してほしくない。そう思った。

「コンビニでおむすびかなにか買ってくるわ」

いらない、と新一が言わなかったので、葉子は近くのコンビニまで行っておむすびを三個、買ってきた。帰ってきた時には新一はお風呂に入っていて、おむすびは結局食べなかった。

それで葉子は今朝、新一と一緒に家を出るのをやめたのである。

七時十五分のつもりが七時二十分になって、東京駅についたのは八時五分前だった。中央線をおりてから新幹線の改札口までが自宅から駅までよりも遠いなんて、思ってもみなかった。できうるかぎり走ったが、人も多く、フォームについたのと指定席を買っていた『はやて』のドアがしまったのと同時だった。葉子は、遠ざかっていく新幹線をなす術《すべ》もなく見送った。

旅慣れていないから、目的の列車を逃したあと、どうすればいいかも分からない。とりあえず、美咲に電話をかけた。いや、かけようとして、美咲からメールが届いているのに気がついた。

『ごめん。寝坊して電車を一本逃した。いままだ渋谷。先に行って。仙台で合流しよう。』

送信時刻は七時三十二分だ。もう東京駅についているかもしれない。そう思っていると、上りエスカレーターに美咲の顔が見えた。

美咲も葉子を見つけたようだ。軽く口を開いて、エスカレーターをおりると走ってきた。

「なに、待っていてくれたの」

「ううん。私も乗りそこなったの」

美咲は苦笑いした。

「そうか。やっぱり八時の待ち合わせっていうのは早すぎだよね」

「七時に家を出るのは、本当はむずかしくはないんだけどね」

「そう？　私はいつもは十時出社だからね、この時間はまだ寝ている」

美咲は出版社の編集者だ。

「重役出勤なのね」

「そのかわり、夜は十一時十二時もざらだよ」

「うちも帰りが十一時十二時が多いけど、朝はちゃんと七時に家を出ていくよ」

「だって銀行員じゃない」と言ってから、美咲は辺りを見回した。「それはともかく、まず次の対策をたてなくちゃ」

「ああ、そうね」

美咲は手近な駅員をつかまえて、乗りそこなった場合の対処法を尋ねた。自由席ならあらためて切符を買い直す必要はないが、ただし、自由席のある『やまびこ』は三十分近く待たなければならないと言われ、仕方がなく次の『はやて』の指定券を買い直した。

「なんだか珍道中になりそう」

美咲はつぶやいた。

新幹線に乗ってから、あらためて葉子と美咲は挨拶を交わし合った。

「久しぶりねえ」

「ほんと。あなたの結婚式以来じゃない」

「そういえばそうね」

ちっとも変わらないわね、と定番の台詞をつづけようとして友人を見直し、それはちょっと言えないと感じて、葉子は苦し紛れに、

「すっかりスリムになって。羨《うらや》ましい」

と言った。

美咲はもともと痩せ型だったが、いまは痩せすぎて全体が尖《とが》った雰囲気だ。そこまで細くならなくてもいいというのが、葉子の本音だ。それに、肌が乾燥して艶を失っているし、目の下には隈《くま》もできている。濃い化粧で隠そうとしているけれど、隠しきれていない。美咲は遅生まれだから今年三十一歳だが、下手をすると三十代後半にも見える。

「あなたは太った？」

と、美咲は配慮のない言葉を返した。

「服のサイズはいまでも7だよ」

「私なんか、7でも大きなくらいだよ。服を探すのに本当に苦労する。バーゲンなんかほと

んどないから、高くつくし」

新幹線が上野について、とまった。

「どうしてそんなに痩せちゃったの」

「ううんと、食べなかったせいかな。食べられない時期があって、それで痩せた」

「どうして食べられなかったの」

「あ、なんか追及が厳しくない？」

「追及しているわけじゃないけれど」

美咲は人差し指を唇に当て、言おうかどうしようか思案しているふうだ。

新幹線が動き出した。美咲がやっと口を開きかけた時、上から声がふってきた。

「すみません、その席」

見上げると、葉子たちよりいくらか年上らしい男性が通路に立っていた。切符を手に、少々当惑げだ。

「なんでしょう？」

「まちがっていませんか。僕はこの列の窓際の席なんですが」

「え」

三人掛け座席である。美咲は東京駅で迷いなく窓際に座った。葉子は真ん中の席だったので、美咲の隣に座った。

美咲はバッグを開いて切符をとりだし、「あら、ほんと」とつぶやいた。

まさか上野で乗り込む人がいるとは思わなかった、と言いたげな美咲は座ったままだ。葉子が気を使った。

「すみません。三つともあいていたんで、てっきり窓際の席だと思っちゃって。この人、通路側でした」

葉子は、美咲をとおすために立ち上がろうとした。飛行機の座席とちがって立ち上がらなくてもとおれる広さがあるけれど、そうでもしないと美咲が動きそうにもなかったからだ。

男性は葉子を手で制した。

「もし仙台よりむこうへ行くようでしたら、そのままでも」

「あら、仙台でおりるんですよ、私たち」

「そうなんですか。じゃ、どうぞそのままで」

男性は通路側に腰をおろした。美咲は明らかに嬉しそうな顔をし、「すみません」と頭を下げた。そして、すぐに前をむいた。

「仙台までなんですか」

男性は葉子に話しかけた。

「ええと、松島へも行こうと思っています」

「ああ、観光なんですね」

詳しく説明する必要もないので、葉子はうなずいた。

「僕は、仙台で乗り換えて石巻《いしのまき》まで行くんですよ」

「石巻……」

葉子には聞き慣れない地名だった。男性はジャンパーにジーパンという服装で荷物はリュックだ。出張中のサラリーマンではないだろう。もしかしたら、地元へ帰る旅なのだろうか。

「石ノ森章太郎という漫画家をごぞんじですか。仮面ライダーは誰でも知っていると思いますが、その作者です」

「あー、えーと」

漫画には詳しくない。子供のころ、単行本も雑誌も漫画は買ってもらえなかった。葉子は美咲をふりかえった。美咲ならなにか知っているかもしれないと思ったのだ。ところが、美咲は目をつぶり、耳をすませば寝息をたてている。葉子は男性に視線を戻した。

「漫画は不得手で」

「そうですか。『ホテル』というドラマの原作になった漫画も描いているんですが。ま、もう没後長いですからね。ともかく、その人の漫画を展示する萬画館《まんがかん》があるところです」

「そこへいらっしゃる？」

「そうです。不思議そうですね？」

「あら、いえ。すみません」

「謝ることはないですよ。漫画の研究をしているのでね。見ておかなければならないもののひとつです」

男性はポケットから名刺入れを出して、一枚引き抜き、葉子にわたした。某私立大学の芸術学部漫画学科の助教とある。上村博之《うえむらひろゆき》という名前だ。そうか、こういう学科があるのかと、世間知らずの葉子は感心した。

「専業主婦なので、名刺は持ち合わせていなくて」

「結婚していらっしゃるんですか。とてもそうは見えない」

軽口をたたいたあと、上村はリュックをあけ、中からカバーのかかった本をとりだした。ちらと見えたところでは、漫画のようだった。熱心に読みはじめた。

居眠りしている人と読書をしている人にはさまれて、葉子は暇をもてあました。美咲は眠るくらいなら、葉子に窓際の席をゆずってくれてもよかったのではないか。外を眺めていれば、葉子もなんとか時間をつぶせるのに。

「あのー」と遠慮がちに声をかけられ、葉子は目をあけた。いつの間にか眠ってしまっていたらしい。

　隣席の助教が、申し訳なさそうにこちらを窺っている。寝顔を見られていたのか、と葉子は頬が熱くなった。

「すみません」と、上村は言った。「あと五分で仙台なので、起こしたほうがいいんじゃないかと」

　葉子はびっくりした。そんなに長時間眠っていたのか。

　美咲を見ると、こちらも熟睡中だ。

「ありがとうございます」と上村に言って、美咲の肩を揺すった。

「起きて。もうじき仙台よ」

　美咲は仏頂面で目を開いた。

「なによ」

「仙台にあと五分でつくんですって」

「あと四分」

　と、上村が言いそえる。美咲は子供みたいに手の甲で目をこすった。

「ああ、すっかり眠っちゃった」

「主婦の方は恒常的に寝不足なんですね」

上村は微苦笑した。

「あ、私は主婦ですが、こちらはキャリアウーマン。やり手の編集者です」

「へぇ」

上村はちょっと興味をもったようだが、美咲はにこりともしない。上村もすぐに美咲から視線をそらし、足もとに置いたリュックをとりあげ、

「じゃ」

と、座席を立ち上がった。仙台で下車する人々が出口へむかってすでに列をつくりはじめている。

「いろいろありがとうございました」

葉子が言うと、上村は笑みを投げかけ、前へ進んで下車の列に並んだ。

「私たちもおりる準備をしなきゃ」

「駄目じゃん」

「なにが」

「人の情報、勝手に開示しちゃ」

葉子はむっとした。美咲はわりと他人にたいする気遣いをするタイプだったはずだが、し

ばらく会わない間に性格が変わったようだ。美咲と一緒に観光しようなどと思ったのは失敗だったかもしれないと、葉子はあらためて思った。

松尾芭蕉《ばしょう》がその名を連呼した松島へ行くには、仙石線《せんせき》に乗り換えなければならない。フォームにおりたって、葉子は仰天した。寒い。東京も暖かいとはいいがたかったが、東京の比ではない。もっと厚手のコートを着てくるべきだった。

「仙台って、やっぱり東北だったのねえ」

美咲がしみじみと言った。察するところ、葉子と同じことを考えていたらしい。

「こんなに寒いと思わなかったわ」

うん、と同意したあとに、美咲は一拍意味ありげな沈黙をおいた。それから、言った。

「松島は海辺だから、もっと寒いだろうね」

二人は探るようにお互いを見合った。

「やめよう」

と、美咲が言った。葉子は喜んでうなずいた。

「せいぜい仙台見物だね」

「仙台城跡はバスで行けるんだよ」

「市内定期観光バスとかってあるんじゃないの」

「あ、そうか」

駅構内の観光案内所に行った。しかし、観光バスはこの季節、土日と休日しか運行していないという。言われてみればなるほどと思うけれど、これではなんのために早く出てきたのか分からない。それにしても美咲は事前のリサーチをなにもしていなかったのかと、葉子は呆《あき》れる思いだ。自分が美咲にすべておまかせするつもりだったことは棚に置き忘れている。

落胆もあらわな二人にむけて、案内嬢と呼ぶにはとうの立ちすぎた女性がにこやかに言った。

「観光シティループバス・るーぷる仙台というバスがありまして、これにお乗りになりますと、市内の観光地はすべて回れます」

「おいくらですか」

「六百円で一日じゅう乗り降り自由です」

「バス便は一時間に何本なんです」

「平日ですので、二十分間隔で運行されています」

二十分間隔ならいいか。

「チケット売り場はどちらですか」

「バスの中でも買えますよ」

ということで、葉子は早速乗るつもりだったが、美咲が待ったをかけた。

「私、朝からなにも食べていない。おなかぺこぺこ」

そう言われると、葉子はちゃんと朝ご飯を食べてきたのだけれど、なにやら空腹を感じた。

仙台名物って確か牛タンだよね、と言いながら、しかしこの時間帯からそんなしつこいものを食べる気にはなれないということで、駅直結のファッションビルのグルメ街へ行き、蠣《かき》フライ定食を選んだ。蠣は仙台というよりも三陸沖の名産品で、定食はけっこうなボリュームがあった。朝食を摂ってきた葉子には多く感じられたが、美咲は楽々といった様子で食べている。

「いつも朝は食べないの」

「うん。だいたいこの時間に朝とお昼を兼用して食べる」

だから肌ががたがたなのかもしれないと思ったけれど、それは口に出さない。

「一時食べられなくなったと言っていたよね」

新幹線での会話を思い出して言った。美咲は顔をしかめて箸をとめた。

「ご馳走を食べている時に、その話はよそう」

「そんなに嫌な話なの」

「食欲が失せる」

「ふむ」

美咲は蠣フライをほおばり、いかにも美味《おい》しそうに咀嚼《そしゃく》した。

「ビールが合いそうだなあ。ねえ、ビールたのんじゃおうか」

「えー、私はいいよ。飲みたければ、たのんだら」

まだ十二時にもなっていないのだからまさか本当にたのまないだろうと思ったら、美咲はウエイトレスを手招きし、ビールの中ジョッキを追加した。

「私はケーキセットかなにか食べたほうがいいな」

「それはまた別腹よ」

美咲は、運ばれてきたビールをくいくいと喉《のど》を鳴らして飲む。

葉子は、自分がどこでなにをやっているのか分からなくなりそうだった。それでなくても昨日から面白くないことがつづいているのである。

「昨日、夫と喧嘩しちゃって」

昨日はあれを喧嘩と感じていなかったが、今日の胸のしこり具合から喧嘩という認識に変更されていた。

美咲はビア・グラスの奥で目を光らせた。自分の不幸をしゃべるのはお断わりだけれど、人の不幸を聞くのは問題ないらしい。

「なにがあったの」

「もとはといえば、隣の声なのよ」

葉子の説明を、美咲は最初身を乗り出すようにして聞いていたが、そのうちに背中を背もたれに戻した。

「それって、喧嘩っていえるの」

葉子が話し終えると、美咲は言った。

「こういう感情のすれちがいって、私たちそうそうないのよ」

「ごちそうさま」

「べつにのろけているんじゃないわよ」

「でも、なんだか幸せ話に聞こえるよ」

「どこが」

「夜中につまんないことで起こされて、ふくれた夫が帰ってきた時に妻はご飯の用意をしていなくて、コンビニへ行ってせっかくおむすびを買ってきたのに、それを夫が食べなかった。それだけのことじゃない。犬も食わないわね」

「つまんないことじゃないよ。隣の子がもし虐待されているんなら、大変なことだよ」

「だって、さかりのついた猫かもしれないんでしょう」

「猫ってことはないと思うんだけど……」

遠く離れてしまうと、自信がなくなる。

美咲は腕を組んで、いささか下品に鼻を鳴らした。

「男っていうのは、こういうのに縛りつけられているんだね」

「なに、その言い方?」

「いやいや、葉子はかわいいんだと思うよ。だから、もし二宮さんが不倫してもだね、それは浮気でしかないんだよ」

なにを言い出すのだ、この人は。葉子自身が新一の浮気を疑っている現在、聞き捨てならない言葉だ。

「新一が浮気しているっていうの」

美咲は目をしばたたいた。

「私、そんなこと言っていない」

「でも、いま、二宮と浮気という言葉をはっきりと言ったじゃないの」

「ちがうってば。葉子と結婚した二宮さんは、たとえほかの女に心がむくことがあったとしてもそれは浮気でしかなくて、葉子と別れることはないだろうっていうこと」

葉子は頭の中で文脈を転換してから、唇を尖らせた。

「こっちの気持ちはどうなるの。ほかの女に心をむけたら、私は傷つくよ。新一が別れないと言っても、私は別れたくなるかもしれないよ」

「それなら、浮気の相手にもチャンスがあるかもね、二宮さんと結婚する」

葉子は絶句した。美咲の顔をまじまじと見る。色艶を失った肌とこけた頰、シニカルな口もと。

理解がゆるゆるとやってきた。

「あなた、不倫しているの？」

美咲はゆっくりとまばたきした。あ、虎の尾を踏んじゃったかな、と葉子は首をちぢめたが、まぶたが上がった時、美咲の目の色は暗く沈んでいた。

「していた、というのが正しい」

美咲は言った。

「別れたの」

「別れられた」

「そっか」

かける言葉が見つからない。激瘦せの原因はそれだったのかと思う。よほど辛《つら》い恋だったのだろう。しかし、浮気された側の妻のことを考えると、美咲を憐《あわ》れむのはまちがいだとも感じられる。

美咲は残りのビールを飲み干し、あろうことかもう一杯注文した。葉子はやめておくべきだと言いたかったが、こういう話題が出てしまってからなにかをとめだてするのはむずかしい。葉子はコーヒーをたのんだ。これは、定食についているものだ。

「葉子は結婚しているから、不倫には反対だよね」

さりげなさそうな質問が、葉子には地雷のように思える。葉子は慎重に答えた。

「結婚しているから反対というよりも、私は未婚だったとしても結婚している男を好きにならないと思う」

「用心深いから、危険なものには近づかない」

「用心深いというよりも、計算高いんでしょう」

「卑下する言い方はしなくていいよ」

案外さばさばした調子なので、葉子は肩の力を抜いた。

「私に葉子のような用心深さがあったら、あの男の甘言にははまらなかった」

「甘言……」

二杯目のビールとコーヒーが運ばれてきた。ウエイトレスが去ってから、美咲は口を開いた。

「女房とはもう家庭内別居状態だ、本当に安らげるのは美咲といる時だけだ、そう言われたの」

浮気男の常套句《じょうとうく》ではないか、と葉子は思った。美咲は葉子の心を読んだように言った。

「妻帯者の口説き文句って、大概そんなもんだよね。私だって、知っていたよ。知っていたけれど、ころりとひっかかった。振り込め詐欺みたいなものよね。私はそんな手口に騙《だま》されないと思っても、実際に自分がターゲットになるとひっかかっちゃう」

「振り込め詐欺みたいな常習者だったの、その人」

それじゃあんまり美咲が哀れだと思いながら、葉子は聞いた。美咲は少し考えてから言った。

「いや、それはなかったと思う。まわりじゅうの女を口説いていたっていう話は聞かないから」

「じゃあ、美咲に本気で愛情をもったけれど、妻とどちらをとるかとなったら妻のほうへ行ってしまったということ？」

友人のためには喜ぶべきことだが、夫をもつ身としては手放しでは喜べない。そもそも浮気すること自体が許せないのだから。

美咲は口もとを歪《ゆが》めた。

「どちらをとるかというよりも、なんだろうな。べつだんそんな話が起きて、妻のところへ戻ったわけじゃないから。私、結婚迫ったことないし。ある日突然、別れてくれって言われて別れたというのが真相」

そりゃあ、きつい。自分から接近しておいて、突然に別れを持ち出すなんて。不倫する男にも女にもいいイメージはないけれど、今回にかぎっては美咲の肩をもてそうだ。

「ひどい男だね」

美咲はうなずいた。張りつめていた表情に穴があいて、ほろりと両の目から涙が一しずくこぼれ落ちた。

「ごめん」

美咲は慌ててバッグからハンカチを出して目を拭《ぬぐ》ったけれど、涙は次から次へと湧いてくる。

美咲はキャリアウーマンとして肩肘《かたひじ》張って生きてきたから、きっと誰かに打ち明けて思いきり泣くなんてことはいままでしたことがなかったのだろう。葉子はしばらく黙って美咲が泣くのを見守っていた。

美咲の相手はどうして別れを告げたのだろう。やはり単なる浮気で、美咲に飽きたのか。

それとも、妻に浮気を見つかってこっぴどくとっちめられたのか。浮気する男は嫌いだけれど、浮気相手をこんなふうに泣かせるのも我慢できない。新一がそんな男でないのを願うばかりだ。

十分か十五分も泣いてから、美咲はようやく涙の栓をとじた。

「だらしないわねえ、もう半年も経つのに」

と、照れたように笑った。ぐちゃぐちゃになったハンカチをバッグに戻し、代わりにコンパクトを出して、鏡を覗《のぞ》く。

「あー、化粧が目茶苦茶」

「薄暗いから見えないわよ」

うん、と美咲は言いつつ、その場で化粧を直しはじめた。おばさんだー、と葉子は思ってから、若い子がところかまわず化粧する風潮を思い出して、若いのかもしれないと考え直す。

別れを告げられて半年経つのか。それは、長いといえるのか短いといえるのか。

「相手は職場の人、じゃないよね」

職場の人だったら、職場に行くたびに傷口が開くだろう。治癒するのが遅くなるに決まっている。

「職場、っていえるかな、ある意味」

「ある意味？」

「うちの親会社の編集者なの。だから、一緒の職場というわけじゃないけれど、たまに顔を合わせることもあるという関係」

「そういう時、どんな顔をしているの？」

「もちろん、ビジネスライクの顔だよ、お互い」

と、微笑《ほほえ》んだ表情が夜叉《やしゃ》のように凄味《すごみ》を帯びている。

会話につまった葉子は、ウエイトレスを呼んだ。

「デザートのメニューはありますか」

「え、デザートを食べるの」

美咲がなぜか不服そうに言う。べつに食べたいわけじゃないけれど空気を変えたくて、と言うわけにもいかず、葉子はうなずく。

「うん」

「本日のデザートはあんみつでございます」

ウエイトレスが言った。

「それだけ？」

「はい。申し訳ございません」

「すみません。やめておきます」

ウエイトレスは一礼して去った。

「デザートを食べるんだったら、ケーキがいい。どこかケーキの美味しそうなお店に入り直そうよ」

ビールを飲みながら、美咲が言った。デザートも食べるつもりがあるのかと、葉子は呆れ返った。この調子では早晩、自棄《やけ》太りに転じるのではないだろうか。

「バスに乗って、どこかについてからにしない？」

「デザートが食べたいんじゃなかったの」

「食べたいけれど、そろそろ動き出さないとどこにも行けないような気がして」

もう一時になろうとしている。

「そうね」

美咲はビールを飲み干し、よっこらしょとおばさん臭いかけ声とともに立ち上がった。ちょっと足もとがぐらついたように見えた。学生時代のままの美咲なら、アルコールはさほど強くない。

ビルを出ようとして、あ、その前にトイレね、と美咲が言い、葉子もこれからバスなら入っておいたほうがいいと思い、トイレへ行った。そんなこんなで時間を費やして循環バス乗り場へ行くと、二十分に一本のバスは発車した直後だった。走り去るバスの姿が見えたのだから、ほんの少し早く歩いていれば間に合ったはずである。

「朝からまったくもう」

「珍道中になると思ったら、その通りだった」

誰のせいで珍道中なのよ、唇までのぼってきた言葉を葉子は苦労しておしとどめた。半年も前のことと はいえ、美咲は失恋で傷ついているのだ。我慢するしかない。

一度ファッションビルに戻り、靴やバッグの売り場を冷やかして時間をつぶした。それから、やっと観光がはじまった。まず、ほかの見学地は飛ばし、なにはともあれ仙台城跡へ行った。

仙台城跡は市街の西、青葉山にある。仙台城は青葉城とも呼ばれ、葉子の母親の世代にはこちらのほうが通りがいいようだ。葉子が仙台へ行くと言ったら、「お母さん、昔から青葉城へ行ってみたかったのよ」と言った。どこのことだろうとよくよく話を聞いたら、仙台城のことだった。

城跡というくらいだから、当時の建物はなく、復元された石垣や大手門隅櫓《すみやぐら》があるだけだ。公園として整備された城跡周辺も季節柄、寒々しい光景だった。夏に来たら気持ちいいだろうね、と想像をふくらませるしかない。二人は早くも次のバスの乗客となった。

「季節はずれの名所旧跡なんてこんなものよね」

「つきあう前と後では印象が変わるのは男と一緒だわ」

どうしても美咲の話題は恋愛に流れていく。不倫とその破局を打ち明けたので、心の堰《せき》が切れたような状態になっているのかもしれない。幸いなことに、話題を転換する材料はあった。

「植物園は次だわ」

葉子は降車ブザーを押し、座ったばかりの座席を立ち上がって乗降口へ行った。

ところが、美咲は立ち上がらない。

貸し切りバスではないのであちらとこちらで大声で話すわけにもいかず、葉子は美咲のもとに戻った。

「おりないの」

「駅前までずっと乗っている」

「観光は？」

「もういい」

「すみません、押しまちがいでした」

葉子は赤面しながら、運転手に言った。

葉子も植物園を見る必要はないかと思っていたけれど、仙台城跡だけで観光を終えるのはさすがに異論がある。

「まさか駅前の喫茶店かどこかでずっと座っているんじゃないよね。駅周辺歩くよね。アーケードのある商店街が何カ所もあって楽しいみたいだよ」

チケットと一緒にもらった簡単な地図を見ながら言った。

「いいよ」

美咲の返事は実に投げやりだ。葉子は携帯を出して、メールを打ちはじめた。

「誰に？」

「友香里。暇らしいから、この時間に合流できないかと思って」

「幸せの絶頂の友香里と三人、ね」

美咲は、これ見よがしの大きな溜め息をついた。

なにがなんでも友香里に早く出てきてほしい。美咲と二人で歩いていたら、こちらの神経がもたない。葉子は美咲に見えないように、メールの最後に『助けると思って早く来て。』と書いて送信した。

もっとも、メールを終えて気がつけば、美咲は居眠りをしていた。だから、葉子は少なくとも美咲との会話に苦労せずにすんだ。

友香里からの返信は十五分後に来た。

『頑張って三時半というところ。ずんだスイーツを食べよう。仙台駅西口一階のずんだを売りにしている店――名前忘れちゃった――そこにいて。』

ずんだスイーツってなに。それに、名前も知らずにたどりつけるのだろうか。誰もかれも勝手なことばかり。

葉子は時計を見た。二時二十五分すぎ。バスはメディアテーク前というバス停を通過したところだった。それからのろのろ運転がはじまり、駅前についたのは二時四十二分だった。

美咲はまだ眠っていて、葉子は美咲をバスの中に置き去りにしてやろうかしらと思ったけれど、思っただけである。やや乱暴に揺すり起こしてバスをおり、駅へむかった。

3・11（金）14時45分

二宮葉子と松山美咲は、仙台駅構内にいた。美咲はスマートフォンをとりだして『ずんだスイーツ』を検索し、葉子はそんな便利な機能があるのになぜいままで使わなかったのかと不審に思いながら横から眺めていた。

徳永友香里は、三時半に仙台駅に着くのは無理だなと思いながら、若林区の自宅の鏡の前で最後の点検をしていた。

沢田伸子は、捻挫が完璧に治ったとはいいがたかったが、青野菜の必要性を感じてスーパーマーケットへ行っていた。小松菜の品定めに余念がなかった。

沢田一久は、母親が出かけたので部屋から出て、シャワーを浴びようと服を脱ぎはじめていた。

沢田久《ひさし》は、先日の出張旅費の精算をするためにコンピュータに数字を打ち込んでいた。久はいつまで経ってもコンピュータが苦手で、打ち込むのに神経を集中させなければならなかったから、絶えず彼を悩ませている引きこもりの息子も騒々しい妻も、この時ばかりは心から消え失せていた。

二宮新一は、かつては上顧客だった客へこれ以上の融資はできない旨を上司に代わって告げ、散々ねばられたのをどうにかおひきとり願って一息ついたところだった。嫌な役回りについたものだと思いながら、自分を慰める意味で携帯のメールを覗いた。秋津沙織《あきつさおり》からのものだ。『今晩、楽しみでーす♡』ディズニーランド嫌いの妻とは行くことのできないディズニーランドへ、一緒に行く約束をしていた。

秋津沙織は、暗証番号を忘れたという老婦人を落ち着かせて所定の手続きをし、通帳と印鑑を持って再来することを快く納得させてお帰りいただくのに成功した。いつも以上に辛抱強く対応できたのは、今晩一晩二宮新一を独占することが決まっていたからだ。ディズニーランドも楽しみではあるけれど、重大な話をするチャンスだった。

上村博之は石ノ森萬画館の見学を終え、近くのレストランで遅い昼食を摂ろうとしていた。頭の中には、今朝新幹線で一緒になった003《フランソワーズ》似の女性があった。既婚者だったのは残念だが、もっと残念だったのは漫画ファンでないことだった。漫画ファンなら夫がいようがいまいが、今回書く予定の『日本漫画界におけるトキワ荘の住人の役割・その2・石ノ森章太郎の役割』と題する論文を読んでもらうことができるかもしれないのだが。注文の海胆丼《うにどん》が来たので、上村は食事に専念しようとした。

それから、葉子が会ったこともない人々、無縁の人々もいる。当たり前のことだが、そのほうがはるかに多い。

たとえば、陸前高田《りくぜんたかた》市の中学二年生・田所賢一《たどころけんいち》、彼は英語の授業を受けている最中だった。

たとえば、石巻市の主婦・藤田正恵《まさえ》、彼女は夕飯の餃子《ギョーザ》を作っていた。

たとえば、仙台市のコンピュータソフト会社の社長・石原恒介《いしわらこうすけ》、彼は認知症の父親を家へ連れ帰るところだった。

たとえば、双葉町《ふたばまち》の年金生活者・大場並子《なみこ》、彼女は近々開かれる予定の福島原発を廃炉にする集会の呼びかけ文を書きあげ、お茶を飲もうとしていた。

たとえば、たとえば、たとえば……日本列島の上で、無数の人々が無数の行為をしていた。

そして、その人々のうえに等しく三月十一日十四時四十六分は、来た。

3・11（金）14時46分

三陸沖を震源とするM9・0の地震発生。

地上の星

その時、田所賢一は中学校にいた。六時限目の英語の授業で、自分にはかかわりのないことだとばかりに、ノートには黒板に書かれた英文ではなくマンガを描いていた。将来マンガ家になるかどうかはともかく、高校生になったらまんが甲子園に出場するのが夢だった。

「田所！」

担任でもある川上先生の鋭い声が飛ぶのと、教室が揺れ出すのと、同時だった。最近しょっちゅう地震があり、あ、こりゃ、けっこうなタイミングで、とほくそ笑んだのも束《つか》の間、揺れはいままでのものとはっきりと異なる様相を見せた。校舎ごと右へ左へ横滑りしていくような大きな揺れが長くつづいた。いったんおさまるかと見えてまたそれ以上の揺れが来る。女子の誰か――多分村瀬香奈《かな》あたり――が泣き出す始末だった。

「もぐれ、机の下へもぐれ」

川上先生が叫ぶ。言われる前からもぐっているやつ、言われてはじめてもぐるやつ、言われてもぐらないやつ、さまざまで、賢一は三番目のやつだった。中学二年生にしては体が大きく、ちっぽけな机にもぐってもどうしようもないように思えた。

三分くらいも経って、やっと地震はおさまった。幸い、校舎はつぶれなかった。机の下にもぐっていたものも恐る恐る這い出し、不安そうにお互いの顔を眺めあった。

川上先生がいっとう最後に教卓の下から出てきて、べつだんそれを恥じたわけでもないだろうけれど、

「ちょっと教員室へ行ってくる。自習しているように」

と申し渡して、足早に教室を出ていった。

教室内にはいつもの自習時とは明らかにちがう喧噪《けんそう》が広がった。

「震度7はあったな」

「7なら、この校舎つぶれてるべさ」

「そうだよ。せいぜい6の弱くらいじゃねえか」

男子がそんなことを言っている横で、長井たち女子のグループが携帯電話を出してかけはじめた。家に連絡をとるつもりらしい。

携帯電話を学校に持ってくるのは禁止されているのによくやるよ、と思う反面、賢一は自

分も携帯を持ってくれればよかったと後悔した。携帯は昨日、誕生日に買ってもらったばかりだった。親友のクロベエはまだ携帯を持っていなかったが、いまさら友達に見せびらかすようなアイテムではないと、家に置いてきたのだ。しかし、持ってきていたら家に連絡をつけられた。

「ねえ、通じないよ」

「話し中?」

「うん」

「じゃあ、無事だったということだよね」

「そうなのかな」

「そうに決まっている。私もかけたい。貸して」

女子がそんなことを言っているのを耳にするにつけ、我が家の状態が気になった。

両親が結婚する時に建て直したという家はまさかつぶれてはいないと思うけれど、家具は倒れたかもしれないし、食器は思いきり散らばっているだろう。病弱の母親は一人でおろおろしているにちがいない。それに、父親が出張で今朝から盛岡の県庁へ行っている。賢一は、父親がいない間家を守るのは自分だという自負をもっていた。

授業の途中で帰してくれないかと期待していると、間もなく校内放送がはじまった。

『大津波警報が出されました。全員、校内にとどまってください。当校は避難所に指定されています。近隣の住民の方々が集まってこられると思います。全員、落ち着いて、礼儀正しい行動をとってください』

教頭先生の声だ。放送はいくどもくりかえされた。

「大津波警報だってよ」

「こないだも津波警報があったけど、なんともなかったべさ」

「でも、大がつくんだぜ」

「じゃ、三、四メートルってとこかな」

「それでも、漁船とかには被害が出るかもしんね」

と言ったのは、漁師を祖父にもつ豊田だ。賢一の中学は山側や市街地からかよってくる子が多いので、直接漁業と関係する生徒はあまりいない。賢一の父親も市役所の職員だ。

賢一の席からは、座ったままでも校門の様子がよく見える。校門を通ってくる住民がちらほら見えはじめた。

いながらにして校門を覗けない席の生徒たちが窓際に集まってくる。

「あ、お母さん」

さっき泣き声をあげていた香奈が、窓辺で嬉しそうにつぶやいた。香奈と賢一は幼馴染《おさななじ》みだ。つまり、家が近い。自分の母親も来ただろうかと、賢一は席を立って窓ガラスに顔をくっつけた。

香奈の母親が祖母の手をひいて歩いてくる姿は見えたが、自分の母親は見当たらなかった。学校から家までは十五分くらいかかる。母親の足だともっとかかるかもしれない。

とはいえ、母親の性格からいって、避難することすら思いつかないかもしれない。賢一は気が気ではなくなった。

川上先生が戻ってくる気配はない。賢一は決意した。

「俺、ちょっと家さ行ってくるわ」

香奈の耳もとでささやいた。香奈は目を丸くして賢一をふりむいた。

「やめなさいよ。先生に叱られるよ」

泣き虫の幼馴染みの制止など、賢一の決意を覆すものではない。賢一は脱兎《だっと》のごとく教室を抜け出した。

正面玄関には避難者を迎え入れる教師たちがいるかもしれないと思い、裏口へまわった。事務員のなんとかいうおじさんとかちあったが、咎《とが》め立てされず、校舎を出ることができた。あるいは、事務員のおじさんは賢一など眼中になかったのかもしれない。顔が引きつっていた。

これはすごいことになったのだと実感できたのは、外に出てからだった。市の防災無線が大津波警報のサイレンを響かせ、裏門から続々と人が入ってくる。いつも学校帰りに買い食いしているパン屋のおばさんは、なぜか籠《かご》にパンを山盛りにして現れた。

「コートも着ずにどこさ行くの」

と呼びかけられるのに手をふって、賢一は走り出した。気が急《せ》いて、飛べるものなら飛んでいきたかった。

途中、人と車と自転車の大渋滞に巻き込まれた。学校にむかってくる人や車はあっても、賢一のように逆方向へ行くものはいない。賢一は、手でかきわけるようにして前へ進んでいった。結局家につくのにいつもより時間がかかった。

家は無事にそこにあった。

「お母ちゃん、いるか、お母ちゃん」

玄関ドアをあけて、呼ばわった。玄関には家族全員の靴が散乱していた。地震で靴箱の扉が全開して、中から飛び出してきたのだろう。靴を踏んで家にあがった。

家の中はどこもかしこもひどい状態だった。台所では予想通り食器が割れて散乱していたし、居間では買ったばかりの地デジ用テレビが床に落下していた。

二階の自分の部屋へ行くと、本棚が机に倒れかかっていたが、荷物が少ないせいかさほどの混乱はなかった。

母親の姿はどこにもなかった。どうやら避難したようだ。賢一は一人前の男のように胸を撫《な》でおろした。

自分も学校に戻ろうと玄関まで出て、気がついた。携帯電話を持っていこう。それに、夢中だったから感じなかったけれど、外は雪が降りはじめていて、ずいぶんと寒い。真冬のダウンコートを着ることにして、二階の自室へ戻った。この時、もう少し賢一が注意深ければ、玄関ドアの隙間から靴脱ぎ場へ水が染み込んできて、散乱した靴が浮きかかっていたのを見つけたはずだ。

ダウンコートを着て携帯電話を握りしめ、階段をおりようとした時、いきなりドシーンという音がして家が揺れた。また地震かと思ったが、そうではなかった。ドアを蹴破って水が入ってくるのが見えた。水はまるで竜神のように階段を駆けのぼってきた。

賢一は慌てて自分の部屋に戻り、ドアをしめた。そのドアをも、水は突き破った。賢一は反射神経だけで窓をあけ、雨樋《あまどい》をつかんで屋根にのぼった。

屋根から下を見て、仰天した。眼下を瓦礫《がれき》や車が流れていく。

車には、誰かが乗っていた。流されていく車の中でその誰かと目が合った。耐えがたいほど悲しい眼差しだった。

しかし、人のことを気にしている場合ではなかった。賢一の家も動きはじめていた。信じられなかった。家というものは大地にしっかりと根づいているものではなかったのか。それなのに、まるでバスタブに浮かべたおもちゃの船のように動いている。

しばらく茫然と屋根にしがみついていたが、そのうちに携帯を持っていることを思い出した。ゆうべのうちに両親と香奈の電話番号だけは登録しておいた。震える指で操作して、母親に電話した。

つながらなかった。

賢一はついで父親の番号を押した。

これも、つながらなかった。

香奈は？

いや、つながったとしても、携帯は手もとにないにちがいない。香奈は校則を守るタイプだ。そう思いながらも香奈にかけてみる。やっぱりつながらなかった。

不意に、絶望が胸にこみあげてきた。学校にとどまっていればよかった。あそこなら、百パーセント安全だったにちがいない。もっとも、自分の家だって、まさかこんなことになるとは思ってもみなかった。海からは少なくとも二キロは離れている。間に古川沼《ふるかわぬま》と呼ばれる海の仲間があるにしても。

流れの方向が変わった。いままで山側へむかっていたのが、今度はどうやら海へむかっているらしい。瓦礫に押されるようにしてぎくしゃくと動いていたのが、いくぶん軽やかになる。べつだん軽やかになったからといって嬉しくはないが。

海へ流れて、そうしてどこへ行くのだろう。また陸側へ戻ってこられるのか？

助けて、誰か助けて。叫びたくなったが、それもできなかった。目の下を、人がつかまるものもなく流されていくのを見れば、叫んでも無駄だと分かる。

辺りはすでに夕闇に包まれはじめている。しかし、雪が降りしきっているので、妙に明るい。

死ぬのかな、ふと思った。昨日やっと十四歳になったばかりなのに、死ぬのか。

まだ一本もストーリーマンガをものにしていないのが、悔しい。いつも出だしは思いつくのだが、終わりを決められない。完結した話を書けなければ、プロのマンガ家なんて、夢のまた夢だろう。

そうだ。まんが甲子園に出るのが目標だなんて言っているけれど、やはりプロになりたい。もっと長く生きて、プロのマンガ家になりたいんだ。

その時、手の中で声がした。握りしめたままの携帯が声を出したのだ。なんと言ったのかは分からない。どうも英語のようだ。

賢一は携帯を開いた。メールが来ていた。父親からだ。

『大丈夫か。どこにも電話が通じないので心配している。なんとかして帰ろうとしているが、すべての鉄道がとまっているので、いま方法を探している。無事でいてくれ。』

大丈夫じゃない。屋根の上にいる。海へ流されている。助けて。

心の思いをそのまま携帯に書き込むことはできなかった。もう十四歳なのだ。

『お母ちゃんと離れ離れになって、いま僕はうちの屋根の上にいます。海へむかっているみたいです。お母ちゃんが無事に中学についていればいいと思います。』

僕もどこか安全なところへ行きたいです、とつづけようとして、なんだか目が見えにくくなり、書けなくなった。そのまま送信ボタンを押した。

メールはやりとりできるのだと知って、母親にも書いた。

『お母ちゃん、いまどこ。ちゃんと避難した？　体に気をつけてね。お母ちゃんの作ってくれたドーナツがまた食べたいです。』

もっといろいろ書きたかったが、どれから書いていいか分からず、そこでいったん送信した。返事は一分も経たずに来た。

『お母さんは高台の公園にいるよ。あんたはどこ。無事なの。』

高台の公園。そうか。そっちへ行くという手があったのだ。公園のほうが中学校よりもはるかに近い。香奈の家族が中学に現れたものだから、母親も中学に避難してくるものと思い込んでしまった。

「馬鹿だ」

声に出してつぶやいた。

『どこか分からないけど、屋根の上。お母ちゃんにもう一度会いたいよ。』

送信しようとすると、通信可能を示す三つの星が全部消えていた。海に出たから電波が届かなくなったのだろうか。賢一はしばらく画面を凝視していたが、やがて諦《あきら》めて蓋《ふた》を閉じた。

雪はやんだ。夜空に星がまたたいている。異常なほど輝いて見えるのは、地上から人工の光が失せてしまったせいだろうか。

冷え切っているのに、さっきからほっぺただけが生温かい。触ってみると、ほっぺた一面が濡れていた。泣いていると認めたくなくて、賢一はダウンの袖でごしごしと顔をこすった。

流れがまた変わった。陸に戻されていく。

頭上から騒音が聞こえてきた。見上げると、ヘリコプターがライトをつけて舞っている。助けに来てくれたのだろうか。

いや、こんなに暗くちゃ、屋根に誰かが乗っているなんて見えないにちがいない。

ふと手の中の携帯に頭がいった。蓋を開き直した。光が放たれる。それを頭上にむけて高くかかげた。

見つけてくれ。地上でただ一点輝いているこの光を、見つけてくれ。

願いもむなしく、ヘリコプターは行きすぎていった。

それでも、賢一は携帯をかかげつづけた。

生きるんだ。絶対に生きてまたお母ちゃんに会うんだ。それから、ストーリーマンガを描くんだ。

やがて、ヘリコプターがふたたび近づいてくる音が聞こえた。賢一は携帯をふり動かした。

ヘリコプターは賢一の頭上でホバリングし、そして中から人がおりてきた。

二人で

姑《しゅうとめ》のセツがアパートを離れないと言い張った時、藤田正恵は喜んだりはしなかった。利《とし》茂《しげ》と結婚してからかれこれ三十年つかえてきた姑だった。若いころからきつかった性格がいつまで経ってもまろやかにならず、いい加減解放されたいとひそかに思ってはいた。それでも、アパートに一人居残られるのは心穏やかでなかった。

自宅を建て替える間移り住んだだけのアパートだった。二階建てのテラスハウス形式だが、築年数が古くて汚れやしみが目立つし、壁が薄くて隣近所の声がよく聞こえる。お世辞にも快適な住まいとはいえなかった。そんなアパートにセツを一人残したら、親類縁者や知人からなんと言われるだろう。正恵がセツを置き去りにしたのだと噂をたてられかねなかった。ここ石巻市は人口では宮城県第二の都市とはいえ、まだもろもろの古い観念にしばられている。

「いいじゃないか」と、利茂は鷹揚《おうよう》に言った。「おふくろのいつもの気紛《きまぐ》れだよ。一カ月もすれば寂しくなって、新しい家に住むって言い出すさ」

利茂は正恵の立場など考慮しない。いつもセツの味方をする。利茂が反対しない以上、正恵がセツを翻意させる術はなかった。こうして姑を除いた生活がはじまった。

二人には子供がいない。舅《しゅうと》は十年前に亡くなった。だから、結婚して以来はじめての夫婦水入らずの生活だ。それが一カ月どころか三カ月四カ月とつづき、とうとう年を越して、春にむかおうとしている。

慣れたか？　二人きりの生活を存分に楽しんでいるか？

いや、ちっとも。餃子の皮をこねながら、正恵は思う。餃子は利茂がセツのもとに届ける今夜と明日の食事のおかずの一部だ。毎日正恵はこうやってセツの三食分のおかずを用意する。それはいい、三人分の食事の準備はセツが同居していたころと同じなのだから。同じでないのは、おかずをセツのもとに届けた利茂がセツとともに夕食を食べてくることだ。つまり、正恵は一人で夕食を摂ることになったのだ。利茂の帰りは十時十一時にもなり、その間正恵はずっと一人だ。

「私が届けるよ」

たまに、正恵は言う。しかし、利茂は首を縦にふらない。

「俺が引退したらたのむよ。いまは夜しかおふくろに会いにいけないからな」

司法書士の利茂が引退するとしたら、よほど能力が衰えてからということになるだろう。まだ六十歳の利茂があと数年でそんなふうになるとは思えないし、なってもらっても困る。ということは、正恵一人の夕食が終わるのは十年も十五年も先ということではないか。

正恵は、新築を機に家庭から排除されたのはセツではなく自分だったのではないかという気がしてならない。そういえば、見合いの席でしばしばセツの顔を窺うようだった利茂に懸念を抱かないでもなかったのだ。加山雄三に似た利茂の面立ちに一目惚れした正恵ではあったが。

「あのマザコン、六十にもなって」

口に出してつぶやいたちょうどその時、グイと突き上げられるように体が揺れた。

地震だ。

大きい。まるで荒波を行く船のような揺れ方に、正恵は思わず流し台の縁につかまった。戸棚の戸が開いて、食器が正恵の体にふってきた。居間のほうでなにかが倒れる音がした。長い。永遠につづくかと思われるほど長く揺れた。おさまった時、建て替えてわずか半年の家がつぶれなかったことに思いがいたった。

安堵《あんど》とともに腰が抜けて、正恵はその場にへたりこんだ。

しかし、台所はすさまじい惨状だ。作り付けの戸棚の中のものが全部落ちて、そこらじゅうに散乱している。片づけるのが大変だと考えた次に、セツや利茂のことが頭にのぼった。

二人とも無事だったろうか。頑丈なビル内の司法書士事務所にいるであろう利茂は大丈夫だろうが、古い木造アパートにいるセツは？

だから、一緒に住もうと口を酸っぱくして言ったのに。


どこからか声がした。

「正恵、どこだ、無事か」

利茂だ。

ここ、ここ、正恵は叫んだつもりだが、声が出ていない。

利茂の顔が台所のドアから覗いた。

「いたのか。返事くらいしろよ」

食器の破片、危ない、警告の言葉も出てこない。しかし、ずんずん入ってきた利茂の足もとを見ると靴をはいたままだ。安心すべきか腹をたてるべきか？

ぱちんという音とともに、頰に痛みが走った。殴られたのだ。正恵は、頭が鮮明になった。

立ち上がることができた。どうやら長いこと放心状態にあったらしい。

「ああ、あんた、帰ってきてくれたのね」

声も出た。

「逃げるんだ」

「なんで」

「津波」

「津波？」

そうだ。これだけ大きな揺れなら津波が起こるだろう。この辺り一帯は、昔から津波の被害に遭ってきている。

このところつづいた地震で準備した非常用リュックは居間に置いてある。とりにいこうとすると、利茂に腕をつかまれた。利茂は見ろ、と自分の背中を指さす。リュックをちゃんと背負っていた。

「非常用リュック」

利茂に腕をつかまれたまま正恵は外へ出ていった。たのもしいな、と、頭の片隅でずいぶん呑気《のんき》な感想を抱きながら。

利茂が通勤に使っているセダンが玄関前にとまっていた。車で帰ってきたのか。それはそうだろう。徒歩では地震発生からこんなに短時間で帰宅できるわけがない。しかし、いま何時なのだろう。車の助手席に乗り込む間際、正恵はなにげなく腕時計を見た。三時十分になろうとしていた。

　エンジンをかけると、すぐさまカー・ラジオから『大津波警報が発令されました』というアナウンサーの緊迫した声が流れてきた。

「大津波……」

　利茂が慌ただしい動作で車を発進させた。近くにちょっとした高台があるが、まっすぐそこへむかうわけではない。それはお互い口にしなくても分かっていた。セツが住むアパートもまた、津波被害を受ける可能性のある場所に建っているのだ。

　普段は車で五分かかるかかからないかの距離だ。しかし、道路は車で溢《あふ》れていて、容易に前へ進めなかった。アパートについた時は三時半近くになっていた。いつもの三倍かかったことになる。

　二人そろって車を飛び出し、

「おかあさん、おかあさん、津波が来るよ」

　セツの部屋のドアを開こうとした。

　開かない。セツは日中、家に鍵などかけたことがない人だ。地震でドアが歪んだらしい。

「どうしよう」

　おろおろしていると、ぎしりと右隣の部屋のドアが開いた。セツと、その部屋の高島という女性、さらにセツの左隣に住む河合《かわい》という母子《おやこ》三人が顔を出した。

「高島さんのうちでみんなでお茶飲みしている最中に地震に見舞われたんだよ」

セツは呆れるほど落ち着いた口調で言った。正恵はそれどころではない。

「逃げますよ。津波が来ます」

「え、ここまで？」

高島は半信半疑のようだった。夫の転勤ではじめてこの土地に来たという高島は、津波の恐ろしさを知らないのだろう。

地元出身の河合母子はすでに逃げる態勢だ。勝手に利茂の車に乗り込んでいる。セツと高島をうながして乗車しようとして、正恵ははたと気がついた。

車は五人乗りだ。しかし、ここにいるのは七人。定員オーバーを禁止する法律には目をつぶるにしても、そしてまた河合の子供のうち三歳の子のほうは母親の膝に載せられるにしても、七人というのはきびしい。

正恵と利茂の目が合った。その利茂の視線が高島に流れ、するとセツもまた高島を熱心に見つめていることに正恵は気がついた。とくにその高島の腹部の辺りを。

正恵がアパートに住んでいたころには細かった高島の腹部は、こんもりと盛り上がっている。高島が夫と別れたというような話を聞いたのは、新居に移転して間もなくだったはずだけれど。

天啓のように、理解が閃《ひらめ》いた。利茂が毎晩アパートにかよっていたのはセツのためではなく、高島のためだったのだ。そして、高島のおなかの中には利茂の子供がいる。きっとそうにちがいない。セツは時たま、墓を守る子孫がほしいと、聞こえよがしにつぶやいていた。利茂はセツの願いをかなえるために、折よく独り身となった高島とねんごろになったのだ。いや、セツの願いをかなえるためと言いつつ、それは利茂の浮気心にすぎなかったのかもしれない。あるいは本気心……。

まばたきする間にこれだけのことを考えた正恵は、

「私、残る」

と言った。一筋の糸にすがる心地だった。駄目だ、と利茂が一言いってくれれば、いまの天啓が妄想にすぎなかったことが証明される。しかし、もしとめなかったら……。

正恵は利茂の顔を食い入るように見つめ、利茂はセツを見たあとに正恵に視線を戻した。その唇がかすかに動いた。

分かった、そう聞こえた。本当にそう言ったのか。正恵は聞き返そうとしたが、声が出てこなかった。目の隅にセツの満足そうに見える顔が映った。

利茂は運転席に滑り込み、セツが助手席に、高島が河合母子の隣に乗り込んだ。茫然としている正恵の前で車はUターンして、高台へむかって走り去った。

正恵はしばらくなにも考えられず、身動きもできなかった。徒歩ででも高台へむかうべきだというのは知っている。いまならまだ間に合うかもしれない。しかし、正恵は気力を喪失してしまっていた。この年になって夫に裏切られるとは夢にも考えていなかった。それも、姑込みで。


腹の底に響くようななんともいえない音が耳を打った。自分の心が吠《ほ》えたてているのかと思ったが、ちがった。なにやらむこうから得体の知れない灰色の塊が近づいてきていて、それが咆哮《ほうこう》を発しているのだ。

それがさらに近づいた時、正恵は卒然と悟った。津波だ。

逃げようとしたが、足が地にはりついたように動かなかった。

いきなり腕を強くひっぱられた。

「馬鹿。走るんだ」

利茂だった。正恵の腕をつかんで、アパートの高島の部屋に飛び込む。二階を目指して階段を駆け上がる。

追いかけるように水が侵入してきた。二階にたどりついた時はすでに水は二人の先を越し、なおも増えつつあった。

利茂は窓を開き、窓枠に足をかけて屋根にのぼった。屋根から腕を伸ばして、正恵をひっぱりあげる。

正恵がようよう屋根に這い上がった瞬間、ドォンッとアパートが揺れ、ゆっくりと動きはじめた。

眼下を、車が、人が、平屋の家が流れていく。アパートもまた流れていく。どこへ？

ずり落ちないように必死で棟包《むねづつ》みにつかまっていて、正恵は大事なことを思い出した。

「おかあさんたちは？」

「高島さんが運転できるというから、途中で高島さんにまかせた。うまく高台についていればいいけど」

「だけど高島さんは赤ちゃんが……」

「うん。夫婦の仲が戻ってよかったよ。亭主もうまく逃げのびていればいいけど」

正恵の世界から一瞬、津波が消えた。正恵は笑い出したくなり、実際笑った。利茂が目を剝いて正恵を見た。

「おまえ、正気か」

「うん、すんごく」

アパートはこの周辺で最も高い四階建てのビルディングへむかっている。あれに激突したら、ただではすまないかもしれない。そう思っていると、アパートはズンッと後方に引き戻された。引き波がはじまったのだ。

海まで流されるのだろうか。

なんとかして助かりたい、この人と一緒にもうちょっと長く生きていたい。正恵はそう思った。生き延びることができたら、セツにおかずを届ける利茂に、「私も一緒に行く」と言うのだ。

正恵は片手を棟包みからはずして、利茂にむかって伸ばした。利茂の口もとに、小さく笑みが閃いた。利茂の手の甲に掌《てのひら》を重ねた。凍《こご》える寒さの中で、利茂の手だけ、ほっこりとぬくかった。

われは海の子

石原恒介のもとに妻から電話が入ったのは、午後二時になろうとしているころだった。仕事が一段落し、遅い昼食に出ようかと思っていた、その矢先だ。

『お義父《とう》さんが』

という妻の困惑した声だけで、恒介にはなにが起きたのか察しがついた。父親の仁三郎《じんざぶろう》がまた行方知れずになったのだ。いや、しかし、そんなはずはない。

今年八十二歳になる仁三郎は、脳が衰えはじめている。しかし、体のほうはいたって頑強で、歩きまわるのが好きだ。好きなのだと、思う。十日に一回は勝手に散歩に出て、帰る先が分からなくなる。そのたびに近所の人や警察に厄介をかけていたのだが、一月《ひとつき》ほど前に息子の遼一《りょういち》が素晴らしいアイデアを思いついた。仁三郎に携帯電話を持たせることにしたのだ。携帯に登載された現在地情報提供機能で仁三郎の居場所は逐一特定され、家族は当てもなく捜しまわる労苦から解放された。ところがいま、妻は携帯を持っていなかったころと同じような声音になっている。

「どうしたんだ。親父は携帯を持っていなかったのかい」

『持ってはいたんだけど』

と、妻は歯切れが悪い。ふらふら歩いていて事故にでも遭ったのだろうか。その可能性はおおいにある。あんなに頭の鋭かった人なのに、と思うと、不安よりも情けなさが先に立つ。しかし、妻がつづけて言った言葉は、恒介の想像を裏切っていた。

『携帯をたどって捜しにいったら、携帯を首からぶらさげていたのはタイちゃんだったの』

「タイちゃんって、ええと、近所の家の幼稚園児？」

『そう、四月からは小学生だけど。おじいちゃんにもらったと言って、にこにこしていたわ』

「タイちゃんは、親父がどこへ行こうとしていたか知らないって？」

『知らないって』

「そうか」

また苦労して捜しまわらなければならない。やっと解放されたと思っていたのに。親父は携帯が嫌いだったのだろうか、と恒介はがっくりと考えた。

『十二時にお昼ご飯を終えて、そのあとすぐに出かけちゃったとしたら、もう二時間経つわ。

今日はきっと遠くへ行ってしまったんだと思う。そっちでも捜してくれない？』

「仕事の最中なんだが」

仕事は一段落ついているが、いつでも私用で出られると思われてはかなわないから、一応言ってみる。

『なに言っているの。そろそろお昼にしようとしていたんじゃないの。ぐずぐずしていてお義父さんになにかあったらどうするの。ご飯の時間を削るくらい、ダイエットだと思えばいいのよ』

恒介がこのコンピュータソフト会社を興したばかりのころ、妻を事務員として使っていた。恒介のスケジュールなどとっくの昔に割れていたのだ、時間の融通がきくことも。

「分かった。ここらを捜してみるよ」

『お願いね』

「ちょっと出かけてくる」

手近にいた者に言って、恒介は外へ出た。

仁三郎は、相当遠くまで行ける足をもっている。二時間あれば、太白区《たいはく》にある自宅から仙台駅にほど近い場所にある恒介の会社までたどりつくことは充分に可能だ。しかし、仁三郎は市街地なんぞに来たりはしないだろう。おそらく宮城野《みやぎの》区を目指しているにちがいない。

仁三郎は職業こそ教師だったが、生まれた家は農家だった。家は宮城郡部、いまの宮城野区東部にあったが、農業を継いだ長男が土地を売ってしまったために、もう二十何年も前に住宅街になっている。だが、最近、仁三郎は生家が住宅街になったことを忘却してしまったようだ。この一年の間に三回も宮城野区内を歩いているところを保護されている。想像するに、生家を求めて彷徨《さまよ》っていたのだろう。今日も生家を探し歩いている可能性大だ。

恒介は、駐車場から車を引き出して宮城野区へむかった。仁三郎は、二時間半かそこらで生家に近い辺りまで行きつけるだろう。こちらが先まわりしていれば、そこで仁三郎に会えるにちがいない。しかし、仁三郎のほうが先についてしまえば、そのあとはすでにない生家を求めて歩きまわることになるだろうから、いつどこで確保できるか、見当がつかなくなる。

仁三郎はどんな格好をして家を出たのだろう。外に出てみて気がついたが、今日はいつになく寒い。発見が遅れれば、本気で行き倒れを案じなければならなくなるだろう。

自分が先に到着するか、仁三郎のほうが早いか。ぎりぎりだなと思いながら、恒介は車を走らせた。

仁三郎を発見したのは、二時四十分近くである。ちょうど生家の田圃《たんぼ》の南のはし辺りだが、現在ではびっしりと狭い家が立ち並んでいる。仁三郎は小首をかしげるようにしてその場に佇《たたず》んでいた。妙にひっそりと寂しい横顔だった。

恒介は既視感を覚えた。そうやって立っている仁三郎の横顔を、以前にも見たことがあったと思う。

仁三郎はもっとずっと若かった。そう、祖母が、つまり仁三郎の母親が亡くなったという知らせを受けて、恒介が父の実家へ駆けつけた時のことだった。そのころ、この周辺はまだ左右に石原家の水田が広がっていた。仁三郎がその畦道《あぜみち》の真ん中に佇んでいるのに、恒介は行き合わせた。その姿が、いまのようにひっそりと寂しげだったのだ。恒介は感情の制御された、ある意味非人間的な父親しか知らなかったので、ずいぶんと奇異な思いを抱いたものだ。寂しげな後ろ姿を見てさえも、仁三郎が母親を失った子供の悲哀を感じているとは想像できなかった。

長兄が土地を売る際、長兄の譲り受けたものだから好きにすればいいと冷静に応じていた仁三郎だが、こんなふうにくりかえし生家のあった付近を彷徨うところをみると、生家にたいする並々ならない執着があったのかもしれない。

恒介は、仁三郎を驚かさないために車からおりて、徒歩で仁三郎に近づいた。

「お父さん」

仁三郎は肩を大きくはねあげて、恒介をふりかえった。

「ずいぶん捜したよ。帰ろうね」

「どなたでしたかな」

と言われたので、恒介は少なからず狼狽《ろうばい》した。最近、仁三郎は家族の顔を忘れることがある。しかし、外でこうなられたのははじめてだった。

「あなたの長男の恒介です」

「そんな馬鹿な」と、仁三郎はのたまった。「恒介はまだ二十歳です。私と同世代にしか見えないあなたが恒介であるわけはない」

俺が二十歳のころに頭が遡《さかのぼ》っているのか。ということは、仁三郎は五十二歳、祖母が亡くなったまさにその年だ。恒介は、仁三郎の母親にたいする思いの強さをあらためて知らされた気がした。

どうやって迷妄を覚まさせようか。鏡を見せて、八十二歳になっていることを教えようか。もっとも、恒介は鏡を持ち歩く習慣をもっていない。鏡に類するものは車のミラーくらいだが、車まで連れていく口実が見つからない。

考えあぐねていると、仁三郎は丁重に言った。

「しかしながら、恒介のことを知っているところをみると、私をごぞんじなのですな。申し訳ない、このごろたまに人の顔を忘れることがあって」

仁三郎が論理的思考力の片鱗《へんりん》を見せたことに、恒介は驚いた。父親の思考力を確かめたくて、仁三郎に話を合わせた。

「ああ、そうですか。それは私もありますよ。年のせいでしょうね」

「そうなのですよね。つい数年前までは全校生徒の顔と名前を覚えたものですが、いまはもう駄目ですね」

駄目なのか。現役時代は生徒の顔は一目で覚えたものだと、徘徊《はいかい》するようになる直前まで自慢していたのは、はったりだったのか。五十歳にしてすでに記憶力の減退を感じている恒介としては、できすぎた父親にたいする親しみの湧く発言だった。

「あ」と、仁三郎が手を叩いた。「紺野《こんの》君だ、そうだろう。私としたことが、きみの顔を忘れるなんて」

紺野という名前には聞き覚えがある。仁三郎の大学の同級生ではなかっただろうか。

「いやあ、久しぶりだなあ。今日はどうして仙台へ？　こんなところでなにをしているの。康子《やすこ》さんは元気かい」

「いや、僕は……」

「立ち話もなんだ。どこかでお茶でも飲まないかい。といっても、この辺り、すっかり様子が変わっちまって、どこに喫茶店があるのか皆目分からんのだが」

仁三郎は相好《そうごう》を崩して言う。外ではこんなに社交的だったのかと、瞠目《どうもく》する思いだ。それとも、紺野という友人が特別心を開ける相手だったのか。とはいえ、車に乗せて家に連れ帰る絶好の機会だ。

「そうそう。この辺、すっかり変わっちゃったからね。少し車を走らせて、駅前まで出たほうがいいんじゃないか」

恒介は、道路のむかいにとめてあった車を指さした。仁三郎は目を光らせた。

「紺野君、運転ができるんだ。すごいな。お互い、あんなに運動神経が鈍くて、なんで大学に入ってまで体育の授業を受けなきゃならんのかとこぼしあったのに」

「車は運動神経だけで乗るものじゃないからね」

「しかし、きみにだけ言う話、僕も四十歳を前にして教習所にかよったんだけど、どうしても車庫入れができなくてね、とうとう免許証を断念したんだよ」

恒介は驚いた。仁三郎が教習所にかよったというのは初耳だった。小学校の低学年のころ、近所の友達が日曜ごとに父親の運転でドライブに行くのを見て、うちでも車がほしいと言った時、自家用車は教師には不要なものだと一蹴《いっしゅう》された。しかし、こっそり免許証をとろうとしていたのか。

今日はなんとまあ、いろいろと仁三郎の思いがけない一面を見せられることだ。

「ま、とにかくあの車で」

そこまで言った時、なにか体全体に響くような音がした。と思った次には、激しい横揺れに襲われていた。仁三郎がワアッというような声をあげてその場にうずくまった。

おさまるかと思ったら、ふたたびそれ以上の揺れが来た。恒介も立っていられなくなって、眼前の家の門柱にしがみついた。


永遠につづくかと思われる地震だったが、やっと鎮まった。人々が家の中から出てきた。仁三郎はうずくまったまま、なにかつぶやいている。耳をすますと、「母ちゃん」と言っているのだった。

恒介が門柱につかまった家からも人が出てきた。中年女性で、この家の主婦のようだ。体を震わせている。

「ひどい地震でしたね」

「ほんとに。テレビでなにか言っていましたか」

「停電しちゃって」

「ああ、そうなんですか」

「お爺ちゃん、大丈夫ですか」

主婦は、仁三郎を目でさした。

「ええ、なんとか」

恒介は、仁三郎を立たせて歩き出そうとした。仁三郎は立ち上がりはしたものの、めそめそと泣いている。ズボンの前が濡れているのを見つけて、恒介は往生した。

「うちへ帰ろう」

「恐いよ、恐いよ」

「大丈夫だよ。ほら、あの車に乗って」

仁三郎は、五十二歳どころか、幼児にまで退行したようだ。一人では歩こうともしない。恒介が手をひっぱろうとした時、また揺れが来た。今度のは小さかったが、仁三郎は悲鳴をあげ、あろうことか車とは逆方向へ走り出した。すごいスピードだ。

「お父さん、待ってください、お父さん」

追いかけようとしたが、手前の家の中から出てきた人とぶつかって転倒させてしまい、

「申し訳ありません」

助け起こすと、相手が「津波、津波」と手の中のトランジスタ・ラジオをさすので、ラジオに耳をかたむけているうちに仁三郎を見失ってしまった。

津波注意報ではない。大津波警報が発令されたという。

「逃げたほうがいいんでしょうね。でも、どこに逃げたらいいんでしょうね」

恒介が転倒させた、仁三郎とそうちがわない年齢の老女は、おろおろと恒介に聞いてくる。家の中には自分一人しかいないのだという。

この周辺は真っ平らな土地がつづいている。高い建物もさしてない。

恒介は老女を助手席に乗せ、車を駆った。

「海のほうにむかっているようですよ。かえって危ないんじゃないですか」

仁三郎よりもずっとしっかりしているらしい老女が不安げに指摘する。

「すみません。父を捜しているんです。見つかったらすぐに避難しますから」

とにかく、仁三郎は生家を目指しているにちがいない。田圃が見える辺りまで行けばつかまえられるかもしれない。かなり海に近くなるが、たとえ津波が来ても逃げきれる。そう、恒介は判断していた。カー・ラジオは大津波警報をくりかえし放送していたが。

田圃の真ん中に茫然と立ちつくす仁三郎を見つけたのは、車を走らせて何分経ってからだろう。恒介は覚えていない。仁三郎の背中のむこうに、なにか灰色っぽい雲のような連なりが見えた。それが家や樹木を巻き込んだ津波であることに気づくのにまるまる五秒かかった。

津波は恐ろしい勢いで迫ってくる。

「お父さん」

車の窓をあけ、叫ぶと、聞こえたらしく、仁三郎はこちらをむいた。車と仁三郎の距離は二、三十メートルある。仁三郎が自主的にこちらにむかって逃げてくるとは思われない。

「車を出して」

という老女の叫びもものかは、恒介は車をおりて仁三郎にむかって走り出した。

「来るな」

仁王立ちになった仁三郎が叫ぶ。その顔つきは知力の衰えた老人のものではない。謹厳だった壮年期の父親のものだ。

「来るな」という父親の体をかつぎあげ、車に戻ろうとした。

あろうことか、車はすさまじい速度で遠ざかりつつあった。運転席には老女がいる。彼女は運転ができたらしい。

恒介が危険に遭わせたようなものだ。捨てて逃げても仕方がない、などと聖人君子のような感想を抱いてはいられない。

「待て、待ってくれ」

仁三郎をかついだまま車を追いかけた。いや、追いかけようとした。水が背中から襲いかかり、恒介は引き倒された。はずみで仁三郎を落としてしまう。水に沈みそうになって、肩をつかまれた。

「こっちだ」

仁三郎が恒介をひきよせた。発泡スチロールの箱につかまっている。恒介もつかまった。二人で箱につかまったまま、老女の運転する車を追いかけるように流された。

遂に、車に追いついた。車が横転した。そこで、波の方向が変わった。引き波にあらがって、恒介は仁三郎とともに自分の車に這い上がった。老女が窓から脱出しようとするのに手を貸す。やっとのことで車体にのぼった老女は礼も謝罪も抗議も口にせず、恒介と仁三郎の間にはさまって荒い息を吐いていた。

一歩でも海から遠ざかりたかったが、まわりじゅう水に浮いた瓦礫の山で、とても歩けそうにない。横倒しになった車のうえで、救援を待つしかなかった。


仁三郎の唇から声が漏れ出てきた。声は次第に高くなり、「われは海の子」を歌っていることが分かった。

「こんなことに負けちゃいかん。頑張るんだぞ、みんな」

歌詞の一番を歌い終わるとそう言い、二番を歌い出した。

はじめは呆気《あっけ》にとられた様子だった老女も、そのうちに仁三郎に和しはじめた。二人とも腕をふり、熱唱だ。
「ほら、きみも歌わんか」
四番に移る前に、仁三郎が恒介を指さす。
はてさて、仁三郎の頭の中は現在何歳なのだろうと思いながら、恒介も口を動かした。もっとも、知っている歌詞は一番だけだったから、一拍遅れてついていくことになったが。
丈余《じょうよ》のろかい操りて
行く手定めぬ浪《なみ》まくら
百尋《ももひろ》千尋《ちひろ》海の底
遊びなれたる庭広し
歌ううち、恒介の胸に勇気が湧いてきた。大丈夫、必ず帰れる。帰れないわけがない。
三人は、昏《く》れかかった空高く歌を放ちつづけた。

解き放たれて

文の最後に、

『平成二十三年三月十一日
福島原発廃炉実行委員会　大場並子』

と丁寧にしたため、並子はペンを置いた。

ほっと肩で息をつき、老眼鏡をとる。すると、机の正面の窓が視界に入る。その窓のむこう、林の間から、青色に塗られた円筒形が垣間《かいま》見えた。

福島第一原子力発電所の排気筒だ。春から秋にかけては生い茂った樹木の陰に隠れているのだが、冬の間はてっぺんが見えてしまう。なんといっても、原発から並子の家まで四キロと離れていない。

いつもは憎々しい思いでしか目にしない排気筒だった。しかし、今日、並子は感慨にふけった。あいつと四十年闘ってきたんだよなあ。よくやったよなあ。

そんな感慨を抱いたのは、今度の集会を終えたら、脱原発運動の第一線から退く意志を固めていたからかもしれない。

たったいま書き終えた手書きの呼びかけ文にも匂わせた。

『私もこの三月、遂に八十の大台に乗りました。寄る年波には勝てず、耳も目も、そして頭も不確かになっています。人間でこれですもの。毎日高濃度の放射能を浴びつづける原子炉が傷まないわけはありません。人も原発も、これからの人のお荷物にならないうちに退きたい。私はそういう思いで今回の集まりに注力しています。なにとぞ足をお運びください。』

並子は昭和六年三月六日生まれ、福島第一原子力発電所1号機は昭和四十六年三月二十六日生まれだ。並子が四十歳になった年に、福島一の1が営業運転をはじめたのだ。

当初、運転開始から三十年から四十年で廃炉になるといわれていた一の1は、廃炉どころか四十年目を目前にした二月七日に国から四十年超の運転を認可された。これを受けて、原発に反対する並子たち福島県民、グループ名「福島原発廃炉実行委員会」は、この三月二十六日に集会を開く予定だった。

若い者がパソコンで作った立派なチラシがみんなの手で撒《ま》かれたり郵送されたりしたが、並子は古くからの知り合いにはやはり手書きの案内状を送りたかった。それでこの数日、手紙を書くのに追われていた。全部で二十一通、それがやっとできあがった。

二十一通、つまり二十一人の親しい知り合いだ。手紙を書くとなるとおおごとではあるけれど、しかし、四十年運動した中で親しくなり、関係をつづけてきた人が二十一人というのは、決して多くはないと思う。もちろん、四十年の間には知り合ったのちに亡くなった人もいる。それから、原発反対の運動から去っていった人もいる。残念だけれど、去っていった人は数知れない。

古い仲間うちで最初に思い浮かぶのは、あの人だ。あの人……もう名前も忘れてしまった。いや、そもそも名前を知らなかったのかもしれない。いつも、勇《いさむ》のおばあちゃんと呼んでいた。

原発の用地として買収された農地のすぐ隣でささやかに農業を営んでいた。並子に町へ原発がやってくることを最初に認識させてくれたのが、その勇のおばあちゃんだった。原発、という言い方ではなく、恐いものがうちの隣に来る、という言い方だったけれど。

並子は小学校の教師で、おばあちゃんの孫である勇を受け持っていた。勇の母親は早くに亡くなり、父親は出稼ぎに出たきり帰ってこなくなっていたから、PTAの参観にはいつもおばあちゃんが来ていた。その参観日に、おばあちゃんは、恐いものがうちの隣に来る、と言ったのである。昭和四十一年の秋のころである。

並子は、町内に原発が建つのは知っていた。しかし、教え子の住まいの隣に建つとは、つゆ知らなかった。かなり以前に町議会が原発誘致を決議した時、反対運動は起こったが、それほど大きなものではなく、並子は見過ごしていた。原発がどんなものかよく知らなかったこともある。「原子力の平和利用」という言い方で、漠然といいイメージが先行していたのだ。

勇のおばあちゃんがあんまり心配そうにするので、並子は発奮した。おばあちゃんの心労を取り除いてあげようと、原発の勉強をはじめたのだ。

勉強といっても、当時並子のまわりにいるのは原発を推進する立場の人ばかりだった。当然ながら、原発は町に雇用をもたらすとか、もう出稼ぎに出なくてよくなるとか、東京への電気の供給地になるのだとか、そういったプラスの側面しか言わなかった。中学の理科の教師をしていた並子の夫（いまでは特別養護老人ホームで痴呆《ちほう》状態に陥っていて、原発がなにかも分からないけれど！）などは、とうとう日本人も原子力を制御する力をもったのだ、しかもこの福島の地で、と感激すらしていた。

そうじゃなくて、私は原発が危険じゃないかどうか知りたいんであって、という並子の思いは空振りするばかりだった。

そうするうちに原発建設は着工して、町は騒々しくなっていった。活況といえばいえるのだろうけれど、勇のおばあちゃんを安心させる決定打は見つからず、並子はなんとなく宿題を終えていない子供のようなもやもやした気分で日々を送った。

しかし、そんな気分もやがて忘れた。翌年の三月に、勇が小学校を卒業してしまったからだ。おばあちゃんが原発に反対するささやかなグループに出入りしているという噂が伝わってきたのは、その後のことである。並子は聞いた時に軽く眉をひそめたくらいだった。そのままだったら、並子が原発反対の運動に入ることはなかっただろう。

ところがある日、ある男がぼそりと並子にむかってこう言った。

「原発がそんなにいいものなら、なんで都会につくらねえ？」

ある男――大島睦雄《むつお》のことを思い出すと、いまでも並子の胸はぎりりと錐《きり》で突かれたように痛む。できれば、思い出したくない。しかし、今日はどういうわけか記憶の蓋がすっかり開いてしまい、閉じてくれない。

大島は、並子の小学校の同級生だった。農家の五男坊で、国民学校を卒業すると都会へ丁稚《でっち》奉公に出され、その後とんと噂を聞かなかったのだけれど、二十何年ぶりかに思いもかけず町の郵便局で出会った。よくまあ、小学校から一度も顔を合わせていないのに分かったものだが、とにかく大島から「なっちゃんじゃないか」と声をかけられた。

並子のほうは、相手が誰かすぐには分からなかった。真っ黒な顔で野山をかけずりまわっていた野性児が、背広を着こなした都会的な男性に変身していたからだ。それでも、名乗られると眼前の男性に懐かしい同級生の顔が重なった。

町へ帰ってきたの。いや、仕事で来た。なんの仕事？　原発つくっている。そうなんだ、丁稚奉公って、建設会社に勤めたんだ。まあな、で、おめえは？　私は小学校の先生。おめえが、あの泣き虫のおめえが先生？　泣き虫なんかじゃなかったよ。

それから、並子はこう、口にした。「原発って、本当にいいものなのかな」、大島が原発をつくっているということから、とりたてて考えもなく言ったのだと思う。

そうしたら、「原発がいいものなら、なんで都会につくらねえ？　いいものはなんでもかでも集めている都会でよお」という言葉が返ってきたのだ。

思わず、並子は大島を見た。大島は真面目に並子を見返した。

「俺は故郷を台無しにするものをつくる手伝いをしてるんだ」

大島は自嘲する声音で言った。

並子は衝撃を受けた。それまでなぜこんな僻地《へきち》の大熊町《おおくままち》に原発が建設されるのか、考えたこともなかった。しかし、言ったのが、原発建設に携わっている人間だ。いろいろ知っているのだろうと察せられた。

「やっぱり危険なんだ」

「反対している人たちが勉強会を開いているから、出てみればいいよ」

と、大島は低い声で言った。

並子は、勇のおばあちゃんに連絡をとって、勉強会に参加させてもらった。そこから、並子の脱原発運動がはじまった。昭和四十五年の春のことである。だから、並子にとって脱原発運動は四十年間ではなく、四十一年間ということになる。

でも、と、並子は窓から目をそらして考えた。私の本気は四十一年前ではなく、四十年前にはじまった。

いまのように原発についてさまざまな本が出ている時代ではない。しかも、大熊町で入手できる本はかぎられている。勉強会は手探り状態だった。ただ、たまにほかの地域で活動している原発反対のグループと合同で勉強する時があって、東京から大学の研究者を招いて話を聞くようなことがあったから、並子の原発にたいする理解は徐々に深まっていった。

原発推進派は、五重の防壁で放射能を封じ込めると主張しているが、原子炉は完全な密閉状態なわけではない。放射能は排気筒や排水口を通し、日常的に環境へ放出されるという。大学の研究者からその話を聞いた時、勇のおばあちゃんは、

「思った通り、原発がうちのそばに来るなんてとんでもねえことだ」

と、落ちくぼんだ目を光らせて言ったものだ。

しかし、よくよくおばあちゃんの勉強会での発言を聞いていると、どうもおばあちゃんは

原発そのものに反対しているのではなく、おばあちゃんの家のちっぽけな土地を買収してもらえないことに不満を抱いているだけのようだった。並子は大島にそのことを言った。大島とはどういうわけかあちらこちらでばったり出会い、そのたびに四方山話《よもやまばなし》をしあったのだ。その中には、原発の勉強会についての話も入っていた。

勇のおばあちゃんの土地が東京電力の関連会社に買収されたと聞いたのは、その年の秋、一の1が運転をはじめる直前のことだった。おばあちゃんは勉強会のメンバーにも告げることなく、一家でどこかへ引っ越していった。それが、原発反対を唱えた人との並子のはじめての出会いと別れだった。

四十五年の十月十日に、一の1は初の臨界を迎えた。並子はなにごとか起こるのではないかと固唾《かたず》をのんで見守ったが、なにごともなく臨界に達した。ある意味、肩透かしだった。やがて、勉強会から一人去り、二人去り、一の1が営業運転を開始する四十六年の三月二十六日には誰もいなくなった。並子の原発反対運動はそこで終わった。その時点での並子の認識だった。

しかし、わずか三カ月後の六月二十八日に事態は一変した。営業運転をはじめたばかりの一の1が事故で停止したのだ。並子はちゃんと反対運動をつづけていればよかったと悔やみながら、昔の勉強会の仲間に発電所へ抗議に行くことをもちかけた。だけれど、反応は鈍かった。むしろ、周辺の自治体の反対運動のグループのほうが積極的だった。数日後には小さいながら原発停止を求めるデモを行ない、並子はそれにくわわることになった。

ここから先の思い出をたどるのは、ちょっと苦しい。原発の立地地域で反対運動をつづけるのは、生半可なことではない。東京の仲間には想像もつかないにちがいない困難の連続だった。おまけに並子の場合は、それ以外の十字架も背負わなければならなかった……。

記憶を封じ込めるため、並子は机の前から立ち上がった。台所へ行って薬缶《やかん》に水を入れ、火にかけた。昨日東京の仲間からもらった羊羹《ようかん》を食べよう。そろそろ三時のおやつ時だ。

台所から戻って、窓辺に立つ。樹林の間の青色の円筒形に目をむけた。

四十年前はあんな色をしていなかった。確か赤と白のだんだら模様だったはずだ。いつからあんな色に変わったのだろう。思い出せない。

最近は、なにもかもがぼやけている。鮮明にすべてを思い出せるなんていうことは、ひとつもない。でも、それが神さまの慈悲ってものなのかもしれない。微細なところまで全部覚えていたら、生きているのが苦痛になるにちがいない。

唐突に、並子は恐ろしい音を耳にした。グォーッと地の底が吠えるような音だ。

足もとが揺れている。地震だ。そう認識した時には、立っていられないほどの揺れ方になった。眼前の窓枠が大きくたわみ、いまにもガラスが割れそうだ。

火！

薬缶を火にかけていたことを思い出した。火事になったら大変だ。

並子は、這うようにして台所へ行った。家じゅうがまるで踊り狂っているように揺れている。棚の戸が開き、瀬戸物が落ちてくる中、ガスレンジにやっとの思いでたどりついた。

薬缶はすでに落下していた。なにも載せていない火が赤く青くシュポッシュポッと揺らめいている。

並子は、ガスのスイッチを切った。その瞬間、一段と激しい揺れが来た。

ガシンという音とともに、並子は後頭部に強烈な痛みを感じた。立っていられず、その場に崩れ伏した。なにかが当たったにちがいない。だけれど、なんなのか分からない。頭を押さえて、うんうん唸《うな》った。

大島も、こんなふうに痛かったのだろうか。不意に、並子は思った。

最も思い出したくないことだった。それを、我が身に起こった痛みが並子の頭から引きずりだした。

「なんとか言いなさいよ」

そう叫びながら、並子は怒りに任せて大島の後頭部を殴った。素手ではない。素手なら、蚊にでも刺された程度だっただろう。並子はちょうどその時、右手にメガホンを持っていた。その日のデモに使ったメガホンだ。それで殴ったのだ。

大島は頭を押さえ、しゃがみこんだ。しばらく立ち上がれなかった。それから、情けない顔で並子をふりかえった。並子は、臆《おく》せず睨《にら》みつけた。

「本当なら許さねえから、一生」

大島は、どんな意味か首を小さく動かした。そして、相変わらず一言の言い訳もせず立ち上がり、歩み去った。うなだれ、体をひきずっていくような歩き方だった。

大島の遺体が双葉の浜辺に打ち上がったのは、三日か四日あとのことだった。それを並子は、新聞で読んだ。

水死だったが、自殺か事故か不明だった。殺人かもしれなかった。実際、最後に会っているところを目撃された並子のもとに、数日して刑事が来たりもした。しかし、大島の常宿で『すまない』という走り書きが発見されたため、自殺ということで決着した。

でも、きっと私が殺したんだ。激烈な頭痛の中で、並子は思った。

並子が本格的に原発の反対運動にとりくみはじめると、並子にたいする周囲の風当たりは強くなった。

夫が並子に離婚を迫った。原発に反対するような女とは一緒にいられないという理由だった。並子は承知したが、中学生だった長女と高校生だった長男が反対し、離婚するなら並子についていくと言い張った。無類の子煩悩だった夫は、子供たちをなんとか翻意させようとしたができず、離婚を撤回した。並子は大島にむかって笑いながら、「夫から別れると言われても恐くはないけど、学校を辞めさせられるのは嫌だね。子供たちは私の生き甲斐《がい》だからね」と言ったものだ。

すると、今度は学校から圧力がかかった。「あんたに受け持たれると、就職する時に不利になると父兄が文句を言うんだ」と校長から言われても、すぐにはぴんと来なかったが、どうやら将来原発やその関連会社への就職が不利になるということらしい。

その時になってようやく、並子はおかしいと思いはじめた。どうして、反対運動をしている人間が運動をやめたくなるような出来事が起こるのだ。勇のおばあちゃんだって、農地が売れなければ、ずっと反対運動をつづけていただろう。

デモの最中、隣町の仲間にそうつぶやくと、各地で反対運動の切り崩しのために電力会社からスパイが送り込まれているっていう話がある、と教えられた。その瞬間に、並子は大島を疑ったのだ。学校から圧力がかかったのは、大島に子供が生き甲斐だとしゃべった直後じゃないか。

そもそも原発の建設に携わっていると言いつついつも背広姿でうろついていたり、並子の行くところに偶然現れるのも、不自然といえば不自然だ。もっとも、このころになると連絡をとりあって喫茶店で会ったりしていたけれど。

それで並子は、大島を呼び出して問いつめたのだ。スパイなんじゃないかと単刀直入に聞いたが、大島は実に悲しそうな顔をして否定もしなければ言い訳もしなかった。そうして後ろをむいたところを、並子はむらむらときてメガホンで殴ったのだ。

あの人がスパイだったかスパイじゃなかったかはともかくとして、私がそうやって疑ったから、あの人は自殺したのだ。私が殺したも同然だ。

そうだよ。

どこからか声がした。大島の声だった。

俺はずっとなっちゃんが好きだった。それなのに、おめえはちっとも気がついてくれねかったな。

「気がついていなかったわけじゃねえよ。だけども、四十にもなって、初恋の相手が現れたって、どうなるもんでもねえよ。夫も子供もいるのに」

並子は、見えない相手へ声に出して答えた。

俺は、独身を通したんだけどもなあ。丁稚奉公に行く時に約束した、いつかおめえを迎えにくるっていうのを守るために。

丁稚奉公に行く時、そんな約束をしただろうか。並子は思い出せなかった。それでも、言った。

「だって、四十になるまで待ってなんかいられねえよ」

そりゃまあ、そうだな。

大島はからからと笑ったようだった。その声を聞きながら、並子の意識は闇に解き放たれた。

同じころ、並子の宿敵も五重の障壁から解き放たれようとしていた。

それ以降

3・11（金）14時46分〜


葉子は目眩《めまい》のようなものを感じて、思わず美咲の腕にしがみついた。

しかし、目眩ではなかった。地震だった。美咲が葉子にしがみつき返した。

いったんおさまるかに思え、「恐かったね」と笑いあおうとしたその時、揺れはさらに強さを増した。

なにかが壊れるか落ちるか、あるいはその両方が起こる音がした。あちらこちらで悲鳴があがった。葉子自身も大声を発していたが、意識していなかった。立っていられず、美咲と二人、その場にしゃがみこんだ。

揺れが小さくなった隙をぬって、人々が駅から飛び出していった。葉子と美咲も這うようにして外へ出た。

葉子の脳裏には、阪神・淡路大震災の記憶が蘇っていた。中学二年生の時の出来事だったけれど、テレビで見た映像はいまでも脳裏に焼きついている。高速道路がねじ曲がり、いくつものビルがつぶれたり倒れたりしていた。しかし、いま、仙台駅の外では、あの時のテレビのような情景は目につくかぎりなかった。ただ信号機が消えて、車が立ち往生しているだけだった。その意味では、揺れのわりにはそれほどの地震ではなかったのかというのが第一印象だった。

駅前には続々と人が集まってくる。群れていることによる安心感、とでもいうのだろうか。なにをどうしようということもなく、そこにいる状態だ。

震度6強だって、震源地は三陸沖、津波警報が出ている、ざわめきの中にそういった情報が乗っている。

「まだ揺れている」

美咲がつぶやく。葉子は足もとに意識をふりむけたが、揺れは感じられなかった。

「あなたの携帯、ワンセグはないの」

葉子は思いついて聞いた。葉子は機械音痴で、携帯はもっぱらメールと通話のためのものだ。テレビなどはついていない。

美咲は渋い顔をしながら、バッグから携帯をとりだした。

「実は充電し忘れていてね、あまり長時間使えないのよ。スマホって、電池の消耗が早くて嫌になっちゃう」

操作しながら、言った。

画面に東日本の地図が映った。太平洋岸一帯が赤い線で縁取られている。もっとよく見ようとした時、ゴゴゴッという不吉な音が響いた。大地がふたたび揺れた。

美咲は盛大に悲鳴をあげ、その場にへたりこんだ。

「もう、いや」

さっきより大きくない、と葉子は思う。さっきの地震でいくらか度胸がついたようだ。

葉子は外よりも中のほうが安全だという気もした。なにしろ建物はひとつも倒壊していないのだ。それに、戸外はいつからか雪が降っていて寒さがきつい。

「泊まるホテル、この近くだったよね」

揺れがおさまると、葉子は美咲に言った。美咲は座り込んだまま、うなずいた。

「ホテルへ行っていようよ。もうチェックインしていい時刻だし、待ち合わせ場所を変えても友香里が分かるところだし」

「ああ、うん、でも、こういう時は外のほうがいいんじゃないの」

「だって、建物壊れていないじゃない」

「そうか」

美咲は迷うふうだったが、じきに承知した。手を伸ばして、肩を貸せという仕種《しぐさ》。腰を抜かしていたらしい。葉子は、美咲の手をひっぱって立たせた。

案内状によると、ホテルは駅から五、六分の場所にあるということだった。大きな通りをわたって、右へ行って間もなく。

葉子と美咲は、どちらも方向音痴の気はあったが、道をまちがえはしなかった。しかし、むこう側へわたるのが早すぎたかもしれない。もっと先でわたっていれば、あんなことにはならなかったかもしれない、というのは、あとからの知恵だ。ともかく、信号機の消えた中、わたりやすそうなところからわたった。

むこう側の歩道には看板が倒れたり、なにかのガラスの破片が散乱したりしていた。だが、とりたてて問題になりそうな箇所はなかった。ところが、美咲がつまずいた。高めのヒールをはいていたので、それがなにかにひっかかったのかもしれない。

美咲がひっくり返った。美咲と手をつないでいた葉子も、ひっぱられるようにして転んだ。右側を下にして倒れた。スカート姿である。周囲の視線が集まった。葉子は恥ずかしさで赤くなりながら、立ち上がった。足に痛みを感じたけれど、走ってこの場を逃げ出したかった。

ところが、仰向けに倒れた美咲が起き上がろうとしなかった。

「どうしたの」

顔を覗き込むと、目をつぶっている。意識を失っているようだ。揺り動かそうとしたところを、誰かにとめられた。

「頭を打ったようだから、安静にしておいたほうがいい。救急車を呼びましょう」

深みのある男性の声だった。葉子は美咲の様子にショックを受けていて、男性の顔を見ていない。救急車が到着した時、一一九番に電話してくれた男性はすでに去っていた。

美咲につきそっていこうとして、葉子は救急隊員に言われた。

「あなたも怪我《けが》をしていますね。歩けますか」

見ると、右の足からとめどなく血が流れでていた。歩道に落ちていたガラスで切ったらしい。痛いとは思っていたけれど、怪我をしていたとは知らなかった。葉子は気分が悪くなり、

「歩けません」

小声で言った。

仙台駅からさほど離れていない病院へ搬送された。

地震でどんなにか怪我人が殺到しているだろうと思ったが、それほどでもなかった。葉子も美咲もすぐに診察を受けられた。

とになった。

美咲は脳震盪《のうしんとう》だったらしく、救急車の中で意識を取り戻した。ただ念のためCTをとることになった。

葉子の怪我は思ったよりも大きかった。右膝裏の数センチ上にガラスの破片が突き刺さっていて、危うく靭帯《じんたい》を傷つけるところだったのだそうだ。破片を取り除いたあと、四針も縫われた。

そうしている間に、病院内は次第に慌ただしくなってきた。地震による怪我人が近辺からとはかぎらず運ばれはじめたようだ。そのせいか、美咲のCTの順番がなかなか来ない。しかし、すべてが終わるまでは待合室にいるしかなかった。

「友香里、どうしたかなあ」

美咲がぽつりと言った。約束の三時半はとっくにすぎて、五時になろうとしている。五時はもともとの待ち合わせ時間だ。病院内なので携帯を使うのは控えていたけれど、さすがに連絡をとらないのはまずいのではないだろうか。

「携帯は外に行かなきゃ駄目だよね」

葉子は足が不安で歩く気になれない。

「私、行ってくる」

「大丈夫？」

「うん」

美咲はわりあい元気そうに椅子を立ち、待合室を出ていった。

その背中を見送っていて、葉子は長蛇の列ができている場所に気づいた。電話のマークが見える。公衆電話があるのだ。普段携帯しか使わないので、世の中にそういうものがあるのを忘れていた。

ともあれ、美咲はさして時間をおかず戻ってきた。

「電話つながらないから、メール打っておいた」

「公衆電話、使えそうだよ」

葉子は、長蛇の列を指さした。美咲は列を眺め、肩をすくめた。

「一時間はかかるんじゃないの」

「みんな、携帯が使えないのかな」

「きっと安否の確認が殺到して、発信規制しているんだよ」

葉子は、新一が自分の安否を気遣って電話を試みているだろうかと思った。あるいは、メールを送っただろうか。地震で怪我をしたと知ったら、驚いて迎えにきてくれるだろうか。

もっとも、怪我が地震のせいだと言っていいかどうか迷うところだけれど。

「ワンセグは見た？」

「だから、電池が少ないんだってば。友香里にも、返事は葉子の携帯にしてって、メールしといたから」

「え」

葉子は、バッグから携帯をとりだした。電源は救急車の中で切ってある。葉子は辺りを見回した。周辺に機械を使っているような患者は見当たらない。葉子は、電源スイッチに指をかけかけた。

「駄目」

美咲が鋭く言った。

「元気そうに見えたって、心臓にペースメーカーを入れていないともかぎらないんだから、路上ならともかく、病院内で携帯使うのはマナー違反だよ」

いつもはそれほどマナーにうるさいほうではない美咲にしては珍しい。その葉子の思いを読んだように、美咲はちょっとすねた顔でつけくわえた。

「実は、つきあっていたのが、ペースメーカー入れていたんだ」

つまり不倫相手が？

「いくつなの、その人」

「四十九」

十八歳も上の人だったのか。そういう人を相手にご飯も喉を通らなくなるほどの恋をしたとは、葉子には信じられなかった。葉子から見れば、五十歳に手が届く人など男性の範疇《はんちゅう》に入らない。まあ、中には五十歳をすぎても若々しい人はいるけれど、世の中がひっくり返っても恋をする気にはなれないだろう。

「だから、ね。携帯覗くなら、トイレにでも行ってきたら」

トイレか。歩くのはなるべく避けたかったけれど、でもトイレに行きたい気持ちもある。葉子は右足をかばいながら立ち上がった。

トイレは水が流れなかった。何度ペダルを押しても無駄だった。諦めて流さずに個室を出、手を洗おうとしたら、これも水が出なかった。断水しているのだと、はじめて気がついた。洗面所には消毒薬が置いてあったので、とりあえずそれを振りかけてティッシュでふいた。

隣の個室から出てきた中年の女性も同じ行動をとり、葉子と目を見合わせて苦笑した。

「困ったわね」

「ええ」

「おたくも地震で怪我をしたの」

「地震のせいといえば地震のせいですね。歩道に落ちていたガラスで足を切っちゃって」

「そう。うちのおばあちゃんは地震で二階の階段から転がり落ちたのよ」

「あら、大変」

「入院させてもらえると安心なんだけど、打ち身くらいじゃ帰されそう」

「あら、打ち身ならよかったじゃないですか」

「まあ、そうね。地震で足の踏み場もないうえに停電と断水で、うちで病人を見るのはちょっとしんどいんだけど」

中年女性は頭をふりふりトイレを出ていった。入れ替わりにべつの女性が入ってきたが、個室を覗くなり出ていこうとした。

「私のせいではなくて」葉子は思わずその女性の背中にむかって言った。「断水しているみたいなので」

女性はちらとこちらをふりかえり、

「病院くらいは水が出るかと思ったんだけど」

苛立《いらだ》たしげに言った。

市内じゅうで断水しているのだろうか。これは思ったよりおおごとかもしれない。友香里の結婚式は予定通り挙げられるのだろうか。葉子の胸を不吉な予感が走った。

葉子は気をとり直し、携帯のスイッチを入れた。たちまちメールの到着を知らせるメロディが鳴った。開いてみて、驚いた。合計四通あったが、そのうち三通の差出人が『一久』とある。

一通目『電話通じない。読んだら折り返しメールくれ。』午後三時三十五分。

二通目『仙台でも海の近くじゃないよな。』午後四時一分。

三通目『メールくれ。死んでないよな。』午後四時十五分。

死んでないよなって、それはいくらなんでもオーバーじゃない。確かに、すごく揺れたし断水はしているけれど、阪神・淡路大震災の時みたいな建物の崩壊なんかなかったんだから。

葉子はそう思って、小さく笑った。

それにしても、あの引きこもりで、なおかつ何年も姉に口をきこうとしなかった弟がこんなメールをよこすところをみると、東京ではずいぶんすごい情報が飛び交っているのだろうか。

もう一通は誰かと思えば、伸子だった。

『スーパーの棚から缶詰なんかが崩れて大変だった。そっちはどう。震源地はそっちなんでしょう。こっちよりだいぶ揺れたんじゃないの。一久が心配しまくって部屋から出てきたけれど、あなたは仙台の中心にいるはずよね。無事よね。メールちょうだい。』午後四時十八分。

柏でもスーパーの棚から物が落ちるほど揺れたのか。それなら、心配しても不思議はない。

『こっちは大丈夫。柏も揺れたんだ。気をつけてね。』

すぐに送信した。

それにしても、新一からのメールが入っていないのはなぜなのだろう。勤め先にいて、地震の詳しい情報が入らないのだろうか。それとも逆に、地震のためになにか対応に追われていて妻に連絡をとる暇もないのだろうか。

まあ、新一のことは横に置いておいて、友香里からメールが来ていないのは気がかりだった。

足をひきずりながら、待合室へ戻った。

待合室は、さっきよりも混雑が激しくなっていた。といっても、さほど重症に見える患者の姿は見かけなかった。

「どうだった？」

「友香里から来ていなかった」

「そうなの。どうしたのかな」

「トイレ断水していたし、友香里の結婚式、ちゃんとできるのかしら」

「式は明日だもの、いくらなんでも明日には落ち着いているんじゃない」

「そうだといいけれど」思い出して言った。「実家のほうも揺れたみたいよ。スーパーの棚から商品が落ちてきたって」

「実家って、どこだったっけ」

「千葉県の柏」

美咲は眉をひそめた。

「そんなほうまで揺れたの。なんで？　建物も崩壊していないのに」

美咲はバッグからスマートフォンをとりだした。

「ちょっとワンセグ見てくる」

「私も行く」

玄関ホールを出ると、真冬のような寒さだった。すでに辺りは暗くなりかかっている。美咲はスマートフォンを起動させた。

ワンセグに映し出されたのは、空を真っ赤に焦がして燃えるタンクだった。

「千葉のガスタンクだって」

「えー、千葉のほうが被害がすごいんじゃないの」

美咲は唇を噛みしめた。

「彼、ディズニーランドの近くに家があるんだ」

葉子は一瞬、反応できなかった。彼というのは、半年前に別れを告げられた五十男だろう。

「だから、どうしたの」

やっと言った。若干、強い言い方になった。美咲は葉子を一瞥《いちべつ》して、淡く笑った。

「そうだね。だから、どうしたの、だね」

「その映像なに」

葉子は画面を指さした。

「津波？」

「ちっちゃすぎてよく見えない。どこなの」

アナウンサーの言う『名取《なとり》』という語が聞きとれた。

「名取ってどこ」

美咲は黙って首をふった。

焦《じ》れったい。震源地のごく間近にいるらしいのに、なにも分からない。見知らぬ土地にいるせいなのか。

この土地と唯一つながりをつけてくれる友香里はいったいどうしたのだ。

「メールも使えなくて、直接ホテルへ行っているかもしれないね」

「あ、切れる」

美咲が絶望的な声を出した。スマートフォンの画面がフェイドアウトした。

「ホテルへ行こう」

美咲は決然と言った。

「CTはどうするの」

「気分悪くないし、大丈夫だよ」

美咲が外科へ行くのに、葉子はついていった。美咲は忙しそうに動きまわる看護師をどうにかつかまえ、帰る旨を伝えた。帰りたい、ではなく、帰るときっぱりと言ったのだが、看護師は医者にお伺いをたてに行き、東京に戻ったら必ずCT検査を受けるように、という条件つきで許可を出した。


葉子と美咲は、宿泊予定のホテルへむかった。

すでに暗くなっている。街路灯も信号機も点灯せず、ほとんどのビルも明かりがない。車道を埋めつくした車のライトがあるので真の闇ではないけれど。都会の夜がこんなにも暗いものだということを、葉子ははじめて知った。心細かった。

学生時代の美咲ならなんでも面白がって受けとめたから、この状況も面白がっているかと思ったけれど、

「病院にいたほうがよかったかな」

ぽつりとつぶやいたので、やはり葉子と似たような心境なのだろう。

タクシーを拾おうとしたが、空車がなかった。地図の上では病院とホテルはそれほど離れていないようだが、四十分もかかってやっとたどりついた。

そうしてついたホテルは嬉しいことに電気がともっていたけれど、そのロビーに友香里の姿はなかった。もしかしたら葉子たちが泊まる部屋に直接行っているのかもしれないと思い、フロントに聞きにいったら、とんでもない言葉が返ってきた。

「ただいまコンピュータが使えなくなっておりまして、宿泊の確認がとれなくなっております」

「え、じゃあ、私たちの宿泊はどうなるんです」

「申し訳ございませんが、あらためてお申し込みいただけますでしょうか」

葉子たちよりも二つ三つ年上のような女性フロント係は、恐縮しきった様子で言った。

「宿泊費はどうなるんです。もう払い込まれているはずですが」

「明日のご出立までにはコンピュータも回復しているとは思いますが、もし万が一回復していなかった場合、いったんお支払いいただいて、払い込まれていることが分かった段階で、ご返却という形になるかと思います」

それならいいか、と目を見合わせた時、フロント係はさらに恐縮の度合いを増して切り出した。

「ただ、電気は自家発電でなんとかなっているのですが、水の出が悪くなっておりまして、必ずしも快適なご宿泊をお約束できないのですが」

「断水ではないんですね」

「はい、貯水タンクから給水できますので。ですが、バスはお使いになれません。トイレは最悪の場合、このフロアのものを使っていただく形になるかもしれません」

「地震の被害、そんなに大きかったんですか」

フロント係の目もとに緊張が走った。

「被害の状況はまだ詳しくは分かっておりませんが、マスコミの報道は刻一刻と深刻なものになっています。私の家族とも連絡がついておりません。津波に飲まれてはいないと思うのですが」

葉子も美咲も呆気にとられた。フロント係ははっとしたように頭を下げた。

「申し訳ございません。私ごとを口走ってしまいました」

「いいえ。ご家族はどちらに住まわれていらっしゃるんです」

「若林区というところです」

「若林区?」

どこかで聞いたことがある、と思った瞬間に、美咲が叫んだ。

「友香里の住所も若林区だわ」

葉子の背中をぞくりと寒気が走った。

「若林区は津波に襲われたんですか」

「はい。いえ、お隣の名取市は津波に襲われたということで、若林区も危ないのではないかと思っているだけで……それに、一口で若林区といっても広いですから。その方は若林区のどの辺に住んでいらっしゃるんですか」

住所までは葉子の頭にも携帯の電話帳にも入っていない。

「海水浴場まで歩いていけるって、自慢していなかった？」

美咲が言う。バス一本で行けるという言い方だったようにも思うが、定かではないので葉子は口にしなかった。

「自慢というか、そんなようなことを話していた」

フロント係の顔いっぱいに哀悼の感情が広がった。

「お客さまがたはその方の結婚式でいらしているのですね」

「そうなんです」

「ご無事をお祈りいたします」

と言われて、葉子は急に自分たちがのっぴきならない状況に置かれているという思いにとらわれた。

三階のツイン・ルームの鍵がわたされた。行こうとすると、

「あのー」

隣で宿泊の手続きをしていた熟年のカップルが話しかけてきた。

「もしかして、藤堂晴紀《とうどうはるき》と徳永友香里さんの結婚式に？」

友香里の結婚相手の名前は、確か藤堂晴紀だった。

「そうです」

「私、藤堂晴紀の叔父の藤堂重記《しげき》と申します。こちらは妻の明美《あけみ》です」

男性が名刺を出して葉子と美咲にわたしながら言った。

「ああ、そうですか。私たちは徳永友香里さんの大学時代の友人で、松山美咲と二宮葉子と申します」

「徳永さんと連絡がおつきにならない？」

「はい。五時にここで会う約束になっていたのですが、来ていないので心配しています」

「晴紀も連絡がつかないと言っていました。二時間ほど前に車で捜しにいったのですが」

重記は眉を曇らせて、言葉を切った。

藤堂夫妻のチェックインの手続きもすんだので、四人は誰が誘うともなくロビーのソファへ移動した。重記が背広のポケットから携帯電話を出した。

「まだ連絡がないですね」

葉子も自分の携帯を出した。着信記録があった。十八時五分、仲子からだった。その時間帯にはホテルにむかって歩いていた。着信音に気がつかなかったのだ。

「柏と電話がつながるみたい」

「本当？　貸して」

美咲が手を出し、首をかしげた明美に説明した。

「私の、電源切れで」

説明している間に気が変わったのか、美咲は手をひっこめた。

「やめておくわ。部屋で充電できるでしょうから」

どうやら、別れた彼に電話するつもりだったらしい。

葉子はソファから少し離れて、実家の固定電話に電話した。つながった。

『よかったあ』

と仲子が心底喜んだ声を出したので、足の怪我は言わないことにする。

『テレビを見ていても、仙台の様子が伝わってこなくて、やきもきしていたの』

「大丈夫だよ。停電とかは起こっているけれど」

『こっちも一時停電したわ』

「そうなの。震度いくつだったの」

『震度5強だって。電車がとまっちゃって、お父さんが帰ってこられるかどうかも分からない』

葉子は驚いた。

「もしかしてそっちのほうが被害が大きかったの」

『ううん。そんなことはない。テレビを見ていると、東北のほうはすさまじい津波に襲われているわ。なんというか、ダァーッとかぶさってくる灰色の巨大な絨毯《じゅうたん》みたい。それが家も田圃も道路も飲み込んでいるの。途中で中継が切れたんだけれど、津波から必死で逃げている車があってね。どうなったか』

仲子は声を詰まらせた。

葉子は、さっきのフロント係との会話を思い出した。ますます友香里の身が案じられた。しかし、一方で楽観する心も残っていた。なにしろ周囲の被害がそれほど深刻ではないのだ。同じ仙台市内でまさか、と思う。

『それにね』と、仲子はもの思わしげにつづけた。『福島の原発で異常が起こっているみたい。間もなく政府がなにか発表するとか言っている。たいしたことないといいんだけれど』

仲子は、葉子がまだ幼児だったころにソ連で起こった原発事故で、娘に被害がおよばないようにずいぶん気を使った経験があるらしい。弟と年齢が離れているのも放射能を心配してしばらく子供を産まないことに決めたからだということだ。昔そんなことを言っていたのを、葉子は思い出した。しかし、葉子自身は原発の異常にはたいして関心をもてなかった。

仲子との電話を切ってソファに戻り、仲子からの話を三人に報告する。

美咲は東京の様子にますます憂色を深め、藤堂夫妻はロビーにいても埒《らち》が明かないと思ったのか、

「部屋でテレビを見ます。晴紀からなにか連絡が入ったら電話します」

と言って、ロビーを去った。

葉子は急に空腹を感じた。美咲は食欲がないと言ったが、ホテル内のレストランへ行った。売り切れたのか調理場に問題があるのか、メニューは五目チャーハンとコーヒーだけだった。葉子はチャーハンとコーヒーを、美咲はコーヒーのみをたのんだ。

「また食べられなくなったの」

「そんなことはないけれど」

美咲は運ばれてきたコーヒーを三口か四口で飲んで、椅子から腰をあげた。

「私も部屋でテレビを見る」

そうして、レストランを去ってしまった。葉子は啞然とした。そんなにも不倫相手のことが気がかりなのだろうか。音沙汰のない友人よりも？

翻って、自分をみると、どうだろう。新一から連絡が来ないことで、そんなに心配しているだろうか。

いや、むしろ怒っているな、と葉子は自己分析する。母親や弟からちゃんとメールが入っているのだから、東京の状態はさほどのことはないだろう。一方、東京の人たちが仙台の状況をどう把握しているか不明だけれど、長年口もきかなかった弟がメールをよこすくらいだから、けっこう深刻に伝えられているにちがいない。にもかかわらず、新一が連絡をよこさないのは、葉子の身を案ずる思いが薄いからではないのだろうか。

もちろん、私のほうも連絡をとっていない。チャーハンをゆっくりと咀嚼しながら、葉子は考える。なぜ連絡をとらなかったかといえば、最初は連絡をすることを思いつかなかったから。それから、彼からなんの連絡も来ていないことを知って、無事か、と聞かれてもいないのに、大丈夫だよ、とメールを打つなり電話をかけるなりする必要性を感じなかったから。

でも、それは意地を張っているだけ、と葉子は思う。むこうから、安否を聞いてきてほしいのだ。

　新一も意地を張っているのだろうか、葉子からなんの音沙汰もないことに怒って。そんな偏屈な性格ではないと思うのだけれど。

　葉子は携帯を出し、新一の番号を開きかけ、やめた。残りのチャーハン——ああ、どんな味かも分かっていない——を黙々と食べ、コーヒーを飲み、美咲の分まで料金を払って部屋へ上がった。


　部屋にはテレビがついていた。テレビの前には『節電のため使用をお控えください』と貼り紙がしてあったが、美咲は無視したようだ。

　画面には燃え盛る炎が映されている。さっきの千葉の映像かと思ったら、気仙沼《けせんぬま》市内であるらしい。定かではないけれど、気仙沼は東北の沿岸部だったはずだ。

　葉子はまた阪神・淡路大震災を思い出した。大きな地震が起こると、必ずといっていいほど火事も発生する。あの下にいる人たちがすでに逃げていればいいけれど、と思う。

　美咲はベッドに座って、つけっぱなしのテレビではなく、スマートフォンを睨んでいた。

「友香里からなにか連絡あった？」

「ううん。でも、仙台市内の交通機関は麻痺しているみたいだし、携帯もあらかた不通になっているみたいだから、なにも言ってこなくてもそう心配しなくてもいいんじゃない」

「スマホでなにを見ているの」

「ツイッター。いろんなところでいろんな人が情報を流している。東京でも死者が出ているって」

「たった震度5強で？　嘘」

「電車、全然動いていないから、バスにもタクシーにも長い行列ができていて、何十キロも歩いて帰るとか勤め先に泊まるとか覚悟を決めた人もたくさんいる」

伸子の話を補強する情報だ。新一もなにか被害を受けているのかもしれないと、葉子ははじめて考えついた。

美咲は下唇を突きだした。ひどく嫌そうに言う。

「それから、福島の原発事故も、政府は大丈夫だと言っているけれど、実はすごく大変みたい。原発から半径三キロ以内の住民に避難指示が出たよ」

「避難？　なにが起こっているの」

福島県の場所を頭に思い描きながら聞いた。福島は仙台からも東京からも遠い。もっとも、原発が福島県のどこにあるか分からないけれど、どちらにしろ三キロよりもずっと離れているにちがいない。

「いまのところ外部電源を喪失しているだけみたいだけれど」

「外部電源の喪失ってなに」

「停電、だと思う」

「停電？　それだけで住民が避難する事態が起こるの？」

「ツイッターの書き込みによれば、原発って、電気がないと危険らしいよ。地震で運転は自動的に止まったんだけれど、そのあと冷やさなきゃいけないんだって。だけど、電気がとまっちゃっているから冷やせなくてこのままだとメルトダウン確実なんだって」

メルトダウン？　それってなに？　それが起こるとどうなるの？　葉子は疑問をもったが、黙っていた。美咲に説明などできないだろうし、できたとしてもこちらが理解できるかどうか怪しい。

「〝逃げろ〟さんなんか、原発から半径二十キロのところに住んでいるけれど、いま関西にむかって逃げる準備をしているって」

「関西？　東京じゃなくて、関西？　そこまで危険なの」

「この人は大げさなんだろうと思うけれど……そう信じたいけれど……」

美咲はぎゅっと眉根をしぼった。

「私、東京に帰りたい」

葉子は、私だって帰りたい、と言いかけて、美咲の本心がそこにあるのではないことに気がついた。

「彼のそばにいたいってこと？　でも」

ちょっと迷ったが、友人の迷走をとめるために、言った。

「彼と一緒にいられるわけじゃないんだよ。彼には奥さんがいるんだから」

「知っているわよ。でも、こんな危機的な時は、やっぱり少しでも彼の近くにいたい」

美咲は両手で顔を覆った。

葉子は心の中で溜め息をついた。手をつけられない。不倫のせいなんだな、と思う。しちゃいけない恋だから、よけいこんなに恋焦がれるのだ。そうにちがいない。私だって新一を愛しているけれど、こういう時に彼と一緒にいたいと言って泣くほどの思いはない。いないよりいたほうがいいに決まっているけれど。

なんとなく葉子は、携帯を開閉する。新一はいまなにをしているのだろう。銀行に泊まることになったか、それとも家路を何キロも歩いているのか。

東京がそんな状態なら、こちらから電話しても不公平ではない。

とうとう葉子は、新一の電話番号を出してボタンを押した。美咲が両手から顔をあげ、粘着的にそれを見つめる。

発信音が鳴り出した。

「通じる？」

葉子はうなずいた。一回、二回、三回と数えていく。新一は携帯をズボンの尻ポケットに入れているから、着信音が聞こえさえしたら、五回数えるうちに出る。いつもはそうだ。しかし、今回はなかなか出ない。十五回まで数えて、諦めて切ろうとした、その時に、

『もしもし』

新一の声が流れてきた。なんだか慌ただしげだ。背後のざわめきが伝わってくる。

「無事？」

『うん。葉子は？』

「無事。どこでなにをしているの」

『いま家まで歩いている。そっちは』

やっぱりそうだったのか。

「ホテル」

『なんともなかったんだな。仙台のど真ん中だから、大丈夫だろうと思っていたけど』

「なんともなくないわよ。怪我したんだから」

『え、ほんとに』

「ほんとよ。歩道に散乱したガラスで足を切った。四針も縫ったんだから」

正しくは歩道に散乱していたガラスの破片の上に転んで怪我をしたのだけれど、少し心配させる言い方をする。一瞬の間があった。

『歩けるのか』

「なんとか」

『明日帰ってこられるんだろうね』

「さあ、どうかしら」

『無理しなくていいからな。治るまでそっちにいてもいいんだから』

「レンタカーで迎えにきてくれれば、いますぐにも帰れるわよ」

またしても間。

『ううんと、それはむずかしいかもな。東北自動車道とか通行禁止になっているみたいだし』

「冗談だよ。ちゃんと歩いて帰れる」

『切るよ。まだ家まで遠い』

「あ、うん。気をつけてね」

『そっちも』

切れた。

なんとなくよそよそしく思えたのは、新一がいるのがプライベートな空間ではなかったせいか。帰ってきてほしくないように感じられもした。それも、背後のざわめきのせいでそう聞こえただけなのか。

葉子は不満を抱えたのに、美咲は羨望を顔じゅうに表わしていた。新一の発言が聞こえていないのだから、仲のいい夫婦の会話のように受けとられたのだろう。

「歩いて帰る最中だった」

美咲はうなずいた。と、見る見る目に涙が盛り上がってきた。こうなることは予測されたのに、と葉子は自分の軽率な行為を苦々しく思った。

「ねえねえ、泣かないで。彼もきっと無事よ」

美咲は手で涙をふきながら、こくこくと意味不明の首のふり方をした。

「さっき」

「ん？」

「いきなりさよならされたと言ったけれど、本当は理由を知っているの。同じ職場も同然なんだから、嫌でも耳に入ってくる」

聞くのは恐いが、聞かないのも悪いだろう。

「なんだったの」

「奥さんが末期の癌にかかっていると診断されたんだって。もう手術ができない状態で、放射線治療はしているけれど、ほとんど気休めで、長くて半年、早ければ三カ月」

それは、すごい理由だ。

「それで、彼は奥さんのもとに戻ったのね」

浮気を悔いたのだ、と葉子は思う。

しかし、美咲にはそういう発想はなかったらしい。

「三カ月間、私は待ったの。奥さんが亡くなれば、彼が戻ってきてくれるだろうと思ったから。いまでもまだ待っている。別れを告げられて半年に三日足りないから」

「つまり、奥さんは亡くなっていないのね」

「そういう話は聞いていない」

葉子はいくらか躊躇いながらも、聞いた。

「彼、別れる時、三カ月か半年待ってくれ、というようなことはほのめかしたの？」

美咲は無言で首をふった。葉子は内心安堵した。妻が重大な病気にかかっていたとも知らず十八歳も年下の女のコと遊んでいたのだから、良心があれば浮気相手との関係をすっぱり断つのは当然だ。美咲にはかわいそうだけれど、どんなに美咲が想っていても、彼は美咲のもとへは帰ってこないだろう。

「美咲、悪いことは言わないから、彼のことはもう諦めたほうがいい。自分にふさわしい相手を見つけるべきだよ」

美咲は、女学生みたいなひたむきな顔になった。

「自分にふさわしい相手って、なに？　恋はなにかを基準にしてはじめられるものなの。ある日なんの前触れもなく、飛び込んでくるものなんじゃないの」

葉子は面食らった。そんなことは考えたこともない。

「葉子は恋というものをしたことはないの」

「え、あるわよ。だから、結婚したんじゃないの」

「結婚と恋愛はちがうよ」

「そりゃあもちろん、ちがうよ」

美咲はしつこく畳み掛ける。

「本当にちがうと思っている？　この男は結婚相手になるかならないかといった鑑定をしてから恋をしなかった？」

「あ、私、そんな功利的な女じゃないよ。結婚願望も強くなかったし」

「ふーん」と、美咲は全然納得していない表情だ。

喧嘩を売る気だろうか。葉子は憤然としかけたが、不意に疲労を感じて、冷めた。

「寝ようか」

「どうぞ。私はもうしばらくツイッターを見ている」

葉子はテレビを消した。バスルームへ行き、水がほとんど出なかったのでクレンジングで化粧を落とすだけにして、ベッドに入った。なにかあったらすぐに飛び出せるように、ストッキング以外はすべて身につけたままにした。

3・12（土）

眠れたかと問われれば眠れなかったと答えたくなるような夜がすぎた。

横たわっていると、大地がしょっちゅう揺れているのが分かった。時たま大きく揺れ、そのたびに目覚めた。すると、スマートフォンと睨めっこしている美咲の姿が見えた。

「友香里から連絡は？」聞くたびに、「来ない」という返事が戻ってきた。

五時にとうとう頭がはっきりと覚めてしまった。夢がきっかけだった。

どこへ行くのか不明だったが、新一と二人でよく揺れる飛行機に乗っていた。書類を読むのに夢中だった新一が、機内で配られたコーヒーをテーブルの上で倒してしまった。それが、隣に座っていた葉子のジーパンにはねた。

「あなたったら、前にもこんなことをしたわね」

葉子が呆れて叫ぶと、新一は他人行儀に、

「なんでしょうか」

と聞いた。それで葉子は、これが夢で、実際にあったことを再現しているのだと気がついた。

二人が知り合ったきっかけの出来事だった。葉子はジーパンだからいいと言ったのだが、新一は後日お詫《わ》びをすると言って葉子の電話番号を聞き出し、そして東京に帰ってから本当に連絡をよこした。新しいジーパンとフランス料理店での夕食がお詫びで、そのあとつきあいがはじまった。それが現実にあったことだったが、夢では異なる展開になった。葉子が叫んだせいかもしれない。

新一は、倒したコップを逆さにして見せた。一、二滴しずくがコップの縁に集まってくる。それがしたたり落ちる前に、新一はコップをもとに戻した。

「からだったんですね」

「そうです」

と新一は言い、読んでいた書類に視線を戻した。もう葉子を一顧だにしない。

葉子は焦った。このままでは二人は結婚しないことになる、この人ほど私にふさわしい男性はもう現れないかもしれないのに、と思ううちに、目が覚めた。そして、あの時のことをぼんやり思い出していたら、もう眠れなくなった。

あの時、つまり、飛行機ではじめて新一と会った時のことである。新一が先に座っていて、葉子があとから乗り込んだ。新一が通路側で葉子が窓側。新一は立ち上がり、葉子を通したうえに、葉子の手荷物を棚にあげてくれた。

親切な男性、というのが、第一印象だったかといえば、そうでもない。葉子は、男性からこういった親切を受けることに慣れていたから、男性とはそういうものだと理解していた。それに、新一はその親切をしたあとで葉子に関心を示す素ぶり、つまりちらちらと横目で見るとか話しかけるとか、そういったことをしなかった。例のコーヒーの件が起こるまで、手にしていた書類を読みふけっていただけである。

若いのに仕事熱心な人、というのが葉子の新一にたいする第一印象だったかもしれない。葉子はその時二十六歳で、新一は実際には二十八歳だったが、丸顔が葉子と同じか少し下くらいに見せていた。葉子はつきあうならふたつみっつ年上の人がいいと考えていたので、新一は恋の相手としては対象外の男性だった。最初のデートで新一の実年齢が分かるまでのことである。

新一の年齢が分かってから、葉子の気持ちは急速に新一にかたむいていった。

この男は結婚相手になるかならないかといった鑑定をしてから恋をしなかった？

美咲のゆうべの問いかけだ。葉子は即座に否定したけれど、心の奥底を分けいってみると、まったくないとは言い切れない。少なくとも新一にかんしては、年齢と勤め先を確認してから一個の男性としてとらえるようになった。とはいえ、それは決して結婚を意識してのことではなく、あくまでも交際相手としてのことだ。

なにやら誤解しているらしい美咲にそう言ってやりたかったけれど、美咲はいまスマートフォンを手にしたまま眠りこけている。さすがに徹夜とはならなかったようだ。

もっとも美咲は、交際のあとに結婚があるんじゃないの、と言い返すかもしれない。新一との時はそうなったから、そんなふうに受けとられても仕方がない。

でも、ずっとそうだったわけじゃない。私だってやみくもの恋をしたことはある。葉子は思い出して、赤面した。二十三歳の終盤から二十四歳のはじめにかけて、ありえない恋愛をした。高校生と恋に落ちたのだ。

一久の高校の文化祭だった。一久は美術部に所属していて、作品を出品しているから見に来てよ、と葉子に言った――葉子と一久はそのころ、普通に言葉を交わしていたのだ――。

葉子は冷やかし半分で文化祭へ行った。ちょうどそこにいたのが一久の一年先輩で美術部員の山下直也《なおや》だったのだ。

ただし、美咲の言うような、ある日なんの前触れもなく飛び込んできた恋、というほど急激ではなかった。直也は葉子をモデルにして描きたいと真摯《しんし》な顔つきで申し込んだのだ。文化祭に出品していた直也の絵はカンディンスキーのような幾何学的なもので、タイトルは「猫と鞠《まり》」とあった。こういう絵を描く人が私をモデルにしたらどんな絵になるのかしら、そういう興味で、葉子は引き受けた。一久はあまりいい顔をしなかったけれど。

土日のほかに会社が退《ひ》けてからもモデルを務めたのだけれど、絵が完成するのに一カ月ほどかかった。その間に葉子は直也に恋をした。自分を見る時の瞳の煌《きら》めき、絵筆を使うゆったりとした動きの美しさ、全身から発散する情熱、そういったものに魅《ひ》かれずにいられなかった。そして、直也も葉子に恋をした。

直也はいまどうしているだろう。美大志望だったけれど、望み通り合格しただろうか。別れて以降の直也のことは分からない。なにしろ、一久が文化祭から間もなくして高校に行かなくなってしまったから、一久から情報をとりだすこともできなかったのだ。彼の才能からすれば、いずれ名のある画家になる可能性は高いと思うけれど。

それにしても、あの絵には意表を突かれた。直也は、完成するまで絵を葉子に見せようとしなかった。キャンバスにあったのは丸や三角ではなく、葉子そのものだった。ちゃんとブラウスとスカート姿でモデルを務めたのに、ヌードでしかも左の胸から心臓まで覗いていた。なぜか青い色をした心臓だった。葉子の心臓は燃える赤ではなく、凍る青だから、と、直也は言った。葉子は、そんなことはない、私の心臓だって赤く燃えているんだから、と言い返し、そして、それをきっかけに……。

「なにをにやついているの」

不意に声がして、葉子は目をあけた。美咲が起き上がってこちらを見ていた。

「にやついている？」

葉子は両手で頬を押さえた。昔の思い出に浸ってにやついていたとすれば、この状況下、最低だ。

「夢をみていたから、友香里の結婚式の」

嘘をついた。美咲は嘘を信じて、肩を落とした。

「正夢だといいけど」

「友香里から連絡は？」

「ない。そっちは」

葉子は枕もとに置いてあった携帯をとりあげた。どこからもなにも入っていなかった。とはいえ、また不通になったようだ。圏外表示になっている。

「どうしちゃったんだろうね」

「藤堂さんのほうにはなにか入っているかしらね」

葉子は携帯の時計を見た。六時を十分ほどすぎたところだ。

「まだ訪ねるのは早いわね」

「そうだね」

葉子はリモコンでテレビをつけようとした。しかし、つかなかった。

「十二時ぐらいに照明が消えた。停電したみたいよ」

「一晩経てばもとに戻ると思っていたのに」

「どうも思っていた以上に深刻な事態みたい」

「そりゃあまあ、立っていられないほどの揺れだったんだから、しようがないかもね」

葉子も美咲もふたたびベッドに横たわった。しかし、眠りが来るわけもない。

「私、やみくもの恋をしたことがあるよ」

「急になんの話」

「ゆうべ、私が功利的な恋しかしないんじゃないかって、疑っていたじゃない」

「ああ……葉子はなんにたいしてもクールだからね。ものごとを見極めてからでないと足を踏み出さない」

「それは誤解だよ。臆病だから、そういう行動をとっちゃうんだよ」

「ふーん。で、そのやみくもの恋って？」

「二十三の時。高校二年の子と恋に落ちた」

美咲は下手な口笛を吹いた。

「あのころ、そんなこと、おくびにも出さなかったじゃないの」

「秘めた恋だったからね。なにしろ私が男だったら、相手は青少年条令にひっかかる年齢だもの」

いや、男じゃなくても青少年条令にひっかかるか。

「寝たの？」

「単刀直入なご質問」

「そりゃあ、あの年頃の男の子って、それしか頭にないはずだからね」

「まあ、そうだけど」

「お姉さんが手取り足取り教えてあげたんだ」

葉子は顔をしかめた。

「なんかヤらしい言い方」

「ごめんごめん。思いもかけない告白だったから、つい。で、どのくらいつづいたの」

葉子は、頭の中で指を折った。文化祭が十月で、つきあいはじめたといえるのが十一月、そしてあの日は五月五日。

「そうね。五カ月強ってところかな」

「なんで別れたの」

「自然消滅、かな」

「それで、やみくもの恋？」

「長さじゃないよ、恋の密度は」

「それはそうだ」

しかし、実のところ自然消滅したわけではない。三月に入って、葉子の職場の先輩が出産休暇に入った。彼女の仕事の一部を葉子も引き受けざるを得なくなり、そのため、これまでのように夜突発的に直也から会いたいという電話が来ても応じられなくなった。それで直也はむくれたのかなんなのか、ほかの女の子とつきあいはじめたらしい。葉子はゴールデンウイーク中のデートを楽しみにしていたのに、すべて断わられた。葉子はしようがないから、大学時代の友達と、つまり久々に上京した友香里や美咲と、五月五日にディズニーランドへ遊びにいった。そこで、直也が同世代のかわいい女の子と歩いているのを見かけた。女の子は直也の体にもたれかかり、直也は葉子に見せたこともないようなやさしい眼差しを彼女に降り注いでいた。

　その子、誰。もう私に飽きたの。問いつめたかったけれど、社会人の女が高校生にたいしてとる態度ではないような気がして、できなかった。その後、直也から電話が来たが、葉子は他人行儀な挨拶をしたあとすぐに別れを告げた。直也は、どうして、僕が嫌いになったの、と、葉子が逆に言いたい言葉を吐いたけれど、ディズニーランドで一緒だった女の子を大事にしなさいと言って、電話を切った。本心では、あれはちがう、誤解だ、という電話がかかってくるのを心待ちにしていたのだけれど、そういったこともなく、二人の関係は終わった。ついでにいえば、葉子がディズニーランドへ行くのも、これを機に途絶えた。


　短時間まどろんだ。ノックの音で、目が覚めた。

「はい」

　美咲が応答した。女性の声がした。

「藤堂です。朝早くすみません」

　あ、と声をあげて、美咲が素早くドアへ飛んでいった。葉子もつづいた。

　目の下に隈をつくった藤堂明美が立っていた。

「なにか連絡がありましたか」

「さっき友香里さんのおじいさんがいらして」

「ここにですか」

「いま私たちの部屋にいます」

友香里の祖父とは面識がなかった。それでも、葉子も美咲も祖父に会うために藤堂夫妻の部屋へ走った。

藤堂夫妻の部屋で、友香里の祖父は悄然《しょうぜん》とした様子で椅子に座っていた。年齢は八十歳に手が届こうというところだろうか。頭髪はなく色黒、がっしりした体つきで、こんな時でなかったらなかなか威圧感のある人物だったかもしれない。友香里の家はかつて名主だったと聞いたことがある。おそらく祖父も地元ではなんらかの影響力をもっていたのだろう。しかし、いま、その面影はない。くたびれきった一人の老人だ。

「はじめまして。友香里さんの大学時代の友人の二宮葉子と松山美咲です」

「はじめまして。友香里の祖父の徳永勝成《かつなり》です」

「友香里さんはどうしていらっしゃいますか」

絶望が、勝成の顔に浮かんだ。

「すると、友香里はあなた方にも連絡をしていない？」

「はい。昨日からずっと待っているのですが」

「ご家族も行方をつかんでいらっしゃらないんですか」

「はい」

　勝成はゆっくりと、けれど途中でつかえることなく語った。

「昨日の大地震の時、わしは家にいなかったのですが、友香里の母親が言うことには、友香里はそもそも外出の支度をしていたんだけれど、地震が起こってすぐ、仙台に来ている友人が心配だと、家を出ていったそうなんです。その後家は津波に襲われて、友香里の両親は命からがら避難したんですが、友香里はまったく避難所に姿を見せない。どこでどうしているか連絡もよこさない。わしは何時間もかけて友香里の両親のいる避難所を探し当てて、というのも、なにかあったらそこに行こうとあらかじめ決めてあった場所も津波でやられてしまって、どこに行ったか分からなくなっていたものだから、とにかく友香里の両親の無事は確かめたんです。しかし、友香里はいない。もしやお友達と一緒にいるのではないかと、夜明けを待ってこうやってホテルまで来てみたのです」

　勝成は言葉を切った。室内に重苦しい沈黙が立ちこめた。

　友達が心配だと言って、家を出ていった。そして、そのまま行方不明。私たちの心配をせず、家にとどまっていれば、友香里は両親とともに避難していたのだろうか。多分、そうだろう。葉子は胸がふさがるような思いを味わった。

「私たちに会いにくるためには、普段どういう交通手段を使うんですか。ここまで普通は何分くらいかかるものなんですか」

美咲がガラス細工をあつかうようにそっと沈黙を破った。

「バスです。家からバス停まで五分といったところで、仙台駅まではさて、どのくらいかかるか。私はたいてい車で出てくるのでよく知らないのですが、一時間弱じゃないかと思います」

「すると」と、重記が口をはさんだ。「お宅の辺りに津波が来たのが三時四十分とか五十分とかいう時間帯だということですから、友香里さんはすでにその時は仙台駅にずいぶんと近い場所にいたことになりますね」

「じゃあ、全然問題ないのでは」

葉子は、暗がりに陽光が差し込んだ気持ちになって言った。

「それはまあ」と、勝成が苦しげに返した。「ちゃんとバスに乗れていれば、の話です。あの地震のあとバスが定刻通り来たのかどうか」

「ああ……」

ふたたび部屋に沈黙がおりた。

友香里は来ないバスをずっと待っていて、それで津波に巻き込まれたのか。

「バスが来なければ、タクシーを拾った可能性もあるんじゃないですか」

またしても沈黙を破ったのは美咲だ。今度は少し強気な口調だった。

勝成はうなずきはしたが、

「しかし、ここにはたどりつけていない」

それがすべてを物語っている、と暗に言っている。

葉子はすがる思いで重記を見た。

「晴紀さんから連絡はありましたか」

「晴紀もまったくなにも言ってよこさないのです」

「それは、友香里が見つからないから？」

勝成が聞く。重記は眉間に皺をよせた。

「どうなんでしょう。どこまで深く捜しにいったのか……」

晴紀が二次災害に遭っているのではないかと危惧しているようだ。

「友香里さんのご両親を捜し出すのに、危険なことはありませんでしたか」

明美が遠慮がちに勝成に聞いた。

「自宅のほうがやられているのは知っていたんで、というのも息子夫婦が車で逃げる途中、津波に飲まれそうになりながら携帯電話をよこしたもので、つまりその時はまだ携帯が通じていたんですな、だからそっちのほうへは行っていません。わしは水に浸《つ》かっているところまで行かないうちに、息子夫婦と巡りあえたんです。息子夫婦もこっちまで来たいと言ったんですが、足がないもので、つまり途中で車を捨てて避難したんで、諦めました」

「徳永さんはもしかしてここまで歩いていらしたんですか」

「そうです。息子夫婦は軟弱で、ちぃと足をくじいたくらいで一キロ歩くのも億劫《おっくう》がる。もっとも、ここまで一キロやそこらじゃないが」

ちらりと老人の顔を、通常ならいつも浮かんでいるであろう心身の頑強さがよぎった。足もとを見ると長靴で、しかし水に浸かっていないところで息子夫婦と会えたという言葉を証明して、さして汚れは付着していない。

「晴紀は、友香里さんのご両親のいる避難所にも姿を見せていないんですね？」

明美がさらに聞いた。

「見せていれば、どちらかが気づいたんじゃないかと思います。ただ、そこの避難所はストーブの明かりしかないうえ、人が大勢いたので、もしかしたら双方気づかずに行きすぎたかもしれない。晴紀君の捜しているのは、なんといっても友香里だろうし、友香里の両親も晴紀君がまさか避難所に来るとは思っていないだろうから、求めていないものの姿は目に映らないということはおおいにあります」

「そうですね」

ふと思いついて、葉子は聞いた。

「友香里さんのご両親は、友香里さんについてなにかおっしゃっていましたか」

「だから、きっと友達と一緒にいるだろう、と。結婚式に出られればいいが、着る予定だった服もどうなっているか分からないし、足も怪我しているし、むずかしいかもしれないと友香里に伝えてくれ、と、そう言われてわしは出てきたんです」

「結婚式……」

そうだ。もう今日は友香里の結婚式の日なのだ。

友香里の恋がこの日を迎えるまで順風満帆だったわけではない、ということを、葉子はあらためて思い出した。友香里と晴紀は高校時代からのつきあいだった。しかし晴紀が研究者の道を選んだために、つまり就職しなかったために、親の反対を受けていつ結婚できるか分からないと友香里はこぼしていた。やっと彼が助教の職を得た、と嬉しそうに友香里から電話があったのは、去年の春のことだった。それからほぼ一年経って、今日、待ちに待った結婚式がとり行なわれるはずだったのだ。

はずだった、などという言い方をしたら、結婚式がないかのようではないか。そんなことになってたまるものか、と葉子は思う。

「私たちも、友香里を捜しにいきましょうよ。友香里と晴紀さんを」

葉子は言った。美咲は葉子の右足に物憂げな視線を投げた。

「あなた、その足でどの程度歩けるっていうの」

言われてみれば、その通りだった。

もう誰もしゃべる言葉がなくなった。室内は静寂で満たされた。


ホテルのレストランで簡素な朝食を摂ったほかは、数時間、なす術もなくすごした。五人は藤堂夫妻の部屋にいて、なにか手がかりはないかと美咲のスマートフォンでワンセグを見たり、それぞれの携帯でツイッターを読んだりして時間をつぶした。

ワンセグには、気仙沼市や仙台港のコンビナート、それに千葉県の製油所の火災がくりかえし映し出された。

また、気仙沼市だという上空からの映像が映ったが、震災以前の気仙沼市を知らない葉子にはなにもない土地が映っているとしか思えなかった。しかし、覗き込んだ勝成が唸った。

「町が消えている」

それで葉子も、津波ですべてさらわれたのだと分かった。

ビルの屋上で『SOS』と大書した布をふりまわしている人々の映像も映った。病院だというリポーターの解説を聞いて、葉子は胸が詰まった。

それからまた、福島の原発の情報もあった。ゆうべは第一原発についてだけ騒いでいたけれど、今日は第二原発も危険になり、避難騒ぎになっているという。

「いったい、あそこに何基の原発があるのかしら」

美咲がつぶやいたが、誰も答えられるものはいなかった。

「こうしていても仕方がない」

十時をすぎたころ、勝成が言って椅子から立ち上がった。

「避難所をまわってきます」

重記も立った。

「おともします」

男たち二人が出ていき、女三人が残された。

「まさかこんなことになるなんてねえ」

明美が疲れたように指でこめかみの辺りを揉《も》んだ。

「友香里はこの日の来るのをずっと待ちわびていたのに」

「晴紀もですよ。友香里さんのご家族から強い反対を受けて、それをなんとか打ち破って結婚にこぎつけたんですから」

「晴紀さんが研究職を選んだからですよね」

「そう聞いていますか」

明美は泣きそうに見える顔をした。

「ちがうんですか」

「研究職を選んだのは、むしろ友香里さんとの結婚にこぎつけるため、でしょうね。友香里さんは旧家の出で、晴紀は早くに両親を亡くして祖母、つまり主人の母親に育てられた子なので、そういう境遇のちがいがまず反対の材料になっていたんです。それで晴紀は、普通のサラリーマンではとても友香里さんとの結婚はかなわないと思い定めて、アカデミーに進んだんです。学問にかんして誰にも負けない自信をもっていたので、とにかく大学に職を得るまでは、と二人とも自分たちの愛を守っていたんでしょうね」

友香里の結婚相手がそんな事情を背負っていたとは、ちっとも知らなかった。友香里とはわりとなんでも話し合う関係だと思っていたのだが、案外知らないことが多かったのだと気づかされた。なぜ友香里が晴紀のことを詳しく話さなかったのか分からないけれど、葉子にしても高校生の彼との恋は秘していた。友人間でも話せないこと、話したくないことは、みんな抱えていたということだろう。

「友香里さんが東京の大学に行かされたのだって、二人を引き離すためだったと聞いていますよ。東京でいい人を見つければよし、見つけないまでも晴紀のことを忘れてくれればよし、ということで。友香里さんから聞いたこと、ありませんか」

「いえ、一度も」

それも、思ってみたこともない事実だった。そういえば、友香里は合コンに参加しても、誰かとつきあったという話は聞いたことがなかった。延々と晴紀一筋だったのだと思うと、切なささえ感じる。

「そんな苦しい恋をしていたなんて、友香里は匂わせることもありませんでした。いつも明るくて元気で」

「きっと晴紀さんとの未来を信じていたからだわ」

美咲がどこか羨ましそうにつぶやいた。

葉子は鼻の奥が痛くなった。しかし、泣いては駄目だと自分に言い聞かせる。泣いたら、友香里が晴紀と結婚できないのだと自分が思っていることを認めてしまうことになる。

「あ」

突然、美咲が声をあげて、手にしていたスマートフォンに集中した。

「どうしたの」

友香里から連絡が入ったかと思ったが、どうやらちがうようだ。

「なんでもない」

と言いつつ、美咲はスマートフォンの画面の上で速射砲のような指の動かし方をした。美咲の頬が紅潮して、全身からエネルギーが発散されている。

元彼から連絡でもあったのだろうか。まさか！

そういえば、新一から連絡が来ない。もっとも、携帯のメールや電話の機能は使えたり使えなかったりする。新一は使えない時に電話をよこしているのだ、と、しいてそう思うことにする。

美咲はメールを打ち終わると、そわそわと立ち上がった。

「ちょっと駅まで行ってきます」

と言ったから、葉子も慌てて立ち上がった。

「待って。私も行くわ」

「その足で？」

「駅まで五分かそこらでしょう。なんてことないわ。昨日ここまで来たのにくらべれば」

葉子は強引に美咲のあとについていった。

美咲はまっすぐ駅へ行くのではなく、いったん自分たちの部屋へ戻った。コートが部屋に

置き っ放しだったからだ。化粧も直したほうがいい。

「いったい駅でどうしようというの」

「帰る手段を確保しようと思っているだけだわ」

「六時の新幹線で帰るんじゃなかったの」

行きの切符を買った時に、帰りの指定席特急券も買ってある。もっとも、友香里がこのまま行方知れずだとしたら、時間が来たから帰りますと言っていいものかどうかは悩ましいところだ。

「新幹線はいつ復旧するか目途《めど》が立っていないって、さっきニュースで言っていたわよ」

「え、ほんとに」

「明日じゅうに復旧するならともかく、運休が月曜日にまで延びるようなら、東京に帰るほかの手段を考えなくちゃ」

「ああ、そういえばそうね。でも、新幹線が二日も三日も止まるなんて、そんなことありえないと思うけれど」

それから、さっきから疑問に思っていたことを聞く。

「帰りの足を心配し出したのは、仕事の話でも会社から入ったの。そういうメールだったの」

「ちがう」

美咲の小鼻がふくらんだ。

「あなた、きっと馬鹿にするわ」

さっきちらっと予感した、まさか！　の元彼からだったのだと、葉子は確信した。

「元彼からだったのね」

「どうして分かったの」

「メール打つ時の雰囲気で」

「色に出にけり、か」

美咲はくすぐったそうに自分の頰を撫でた。

「なんだって来たの」

「やっぱり彼もゆうべは帰宅困難者だったらしく、社に泊まったんですって。それで今朝、たまたま私の部署の編集者と顔を合わせたら、松山が仙台に行っているんで心配しているんです、みたいな話が出て、驚いて、大丈夫かって」

美咲はズボンのポケットに入れてあった携帯をとりだした。

「見る？」

見せたいらしい。葉子はうなずいた。美咲はいくつかボタンをいじってから、葉子の前にさしだした。こうあった。

『突然のメール悪い。きみが仙台にいることを知って、心配で矢も盾もたまらなくなったんだ。仙台にいることは、草野君から聞いた。ゆうべは社に泊まり、さっき草野君と自販機の前でばったり出会った。草野君はきみが昨日仙台に行っていることを心配そうに言っていたが、それ以上の情報をもっていなかった。仙台も海に近いほうは大変だったらしいけれど、きみはまさかそちらに行っていないよね。勝手な言い分で悪いけれど、無事なら返信をください。ただ一言でいいから。』

誰が書いても同じ電子文字でしかないＥメールなんかじゃ感情は伝わってこない、常日頃そう考えていた葉子だが、書き手の濃厚な不安が伝わってくるようなメールだった。それが葉子を戸惑わせた。相手は浮気じゃなかったのか。妻の病を知って、後悔して浮気にピリオドを打ったのではなかったのか。

「で、美咲の一言は？」

美咲は、幸福そうに携帯をポケットに戻しながら言った。

「一言ですむと思う？」

でも、一言ですませなくちゃ、葉子はそう思うけれど、口には出さなかった。なんだか、憂鬱な気分になった。

「それで早く帰りたくなったのね」

「それで、ということはないわ。とにかく、いつまでもここにいるわけにはいかないんだから」

葉子は逆に、いつまでもここにいてもいいような気がしてきた。少なくとも、友香里の無事を確かめて、できれば友香里の結婚式を見届けることができるまでは。今日じゅうに帰る手段が見つかったりしたら、かえって困る自分を感じる。

「まだ?」

葉子がぐずぐずとコンパクトを覗いているうちに、美咲は薄手のコートの上からマフラーをしっかりと巻き、もう支度完了だ。葉子も慌ててコートを着て、美咲とともに部屋を出た。


仙台駅は立入禁止状態になっていた。寒空の下、JRの社員が尋ねてくる客に応じている。しかし、誰が聞いても返事は同じだ。

「新幹線も在来線も、運行再開の目途はまったく立っていません」

それ以上なんの質問も考えつかずに去ろうとした葉子と美咲の耳に、

「バスによる代行輸送の見込みは、そろそろ立ってもいいころではないんですか」

ほかの人の問いかけが聞こえた。美咲の足がとまったので、葉子も立ちどまる。

しかし、これにたいしても、曖昧《あいまい》な言葉しか返ってこなかった。

「いまのところそういう話は伝わってきていません」

「朝来た時も、そういう返事でしたね。対応が遅すぎるんじゃないですか」

「申し訳ありません。とにかく、連絡のとれない列車はあるわ、駅構内は目茶目茶だわで、混乱しておりまして。あ、ハイウェイバスを運行しているほかの会社を訪ねてみてはどうでしょう。もしかしたら、そろそろなにか動きがあるかもしれません」

「その会社はどこにあるんです」

道路をわたってうんぬんかんぬん、というのを漠然と聞いていて、葉子はふと質問者の声や姿に覚えがある気がした。

ふりかえってこちらにむかってきた顔にも、見覚えがある。不精髭と疲労を取り除いて見直せば、あれは……。

相手のほうが先に気づいた。「あれ」と小走りになって近づいてきた。

「新幹線で一緒でした？」

聞かれて、葉子は思い出した。どこかの大学の漫画学科の助教で、名前は上村博之とかいった。石巻まで行くと言っていたことまで蘇った。

「奇遇ですね。地震の被害には遭いませんでしたか」

「ええ、おかげさまで。そちらは？」

上村は一瞬、名状しがたい表情をしてから、

「いやあ、散々な目に遭いましたよ」

と、明るく言った。

「石巻でしたっけ。津波はなんともなかったんですか」

美咲が口をはさんだ。新幹線の中で美咲は上村に失礼な態度だったように思うのだけれど、そういうことは一向に気にしていないらしかった。上村のほうは、ひっかかっているのかどうか、軽く目を伏せ、沈鬱《ちんうつ》に言った。

「ひどかったですよ。町が根こそぎやられました。僕も危うく飲み込まれるところでした」

葉子は、ワンセグで見た、どこかの町を襲う津波の様子を思い起こした。

「よかったですね。助かって」

「ええ、そうですね」

上村はちらりと目をあげ、うっすらと口もとをほころばせた。

「友達が行方不明なんですよ。この仙台の町で」と、美咲が言った。「石巻からどうやってここまでいらしたんですか」

「それは心配ですね。私ですか。私は運よく仙台へ帰る車に便乗させてもらうことができた

んです。あちらこちらで道路が寸断されていたから、ずいぶんかかってしまったけれど。それでも、その車がなければ、いつ石巻から出られるか分からなかった」

友香里もどこかで足留めをくっていて、中心部まで来られないでいるならいいけれど、と、葉子は思った。

「石巻からは出られたけれど、仙台から出るのはむずかしそうだなあ」

上村は嘆くようにつけくわえた。

「バス会社に行ってみましょうよ」

美咲が積極的に言った。ああ、そうですね、と三人はJR社員に教えられたバス会社へむかった。

結果は、思わしいものではなかった。すべてのバス便は全面運休していた。ただし、ハイウェイバスはできるだけ早く再開する方向で動いている、という。再開の時のために、上村が予約をするのを見て、美咲と葉子もならった。

「ナビつきのレンタカーでもあれば、帰れるんだけれど」

「ないんですかね」

「ナビつきじゃないのが一台残っていたけれど、それじゃあちゃんと帰れるかどうか自信がありません」

上村は、すでになにもかも調べたあとだったらしい。

「そんなに急いで帰る必要があるんですか」

葉子の立ち入った質問に、上村は生真面目《きまじめ》な表情をした。

「いや、だって、仙台で野宿するわけにいかないでしょう」

葉子と美咲は顔を見合わせた。

「お二人はどこに泊まっているんです。ホテルはどこも受け入れてくれませんよ。満室だとか受け入れ態勢にない、ということで」

そこまで考えがおよばなかった。確かにゆうべホテルのロビーで話をしている最中にも飛び込みらしい客が何人か入ってきて、宿泊を申し込むのを目撃していたけれど、まさか仙台じゅうの宿泊可能な宿が満室になっているとは想像もつかなかった。今日じゅうに仙台から出られないとなったら、いまの部屋をもう一晩、場合によってはさらに一晩、確保しておく必要がありそうだ。

「早くホテルへ戻ろう」

美咲がホテルへむかって踵《きびす》を返した。上村もついてきた。

ホテルで、宿泊問題は百八十度の展開をみた。藤堂夫妻にも宿の確保を勧めようと明美をロビーに呼び出したところ、明美はこともなげにこう言ったのだ。

「私たち、車でここまで来ていますから」

あまりの呆気なさに一瞬、葉子も美咲も、それから上村までも言葉を失った。

まさか二人乗りの車で来ているわけではないだろうから、便乗して仙台を抜けられるのではないだろうか。

真っ先に口をきいたのは、美咲だった。

「じゃあ、新幹線がなくても帰れるわけですね」

「そうです」

肯定してから、明美は言いよどむふうにしてつづけた。

「私の考えなのですが、結婚式は中止になるでしょうから、いったん帰宅することになると思います。晴紀と連絡をとることができさえすれば、今日じゅうの出発になるのではないでしょうか」

「お宅はどちらなのですか」

上村が慎重に聞いた。考えてみれば、葉子も美咲も藤堂夫妻の住所を知らない。もしかしたら、仙台よりも北のほうということもありうる。夫妻の発音から、勝手に東北地方ではないと決めつけていたけれど。

「宇都宮です」

おお、というような声を上村が洩《も》らし、美咲がたちまち目を輝かせた。

「私も乗せていってもらえないでしょうか。宇都宮まででいいですから」

美咲は単刀直入に言った。明美は考える間もなくうなずいた。

「そうですね。東京に戻るには、それしかなさそうですよね」

「私もお願いできないでしょうか」

上村が言った。押しつけがましい調子ではないけれど、拒否はしないだろうと決めつけているのか堂々とした態度だ。上村はすでに明美に名刺をわたしている。初対面でも、そして葉子や美咲にとってもまったくの赤の他人であっても、晴紀と同じく大学の助教ということで明美の信頼度は高いはず、と見越しているのかもしれない。

明美はいくぶん観察眼になって上村を見直した。

「運転はできますか」

「ええ」

「じゃ、途中で夫と運転を替わってもらうことになったとしてもいいですか」

「もちろん。ナビさえついていれば」

「ナビはついていないんです。でも、私が横でナビを務めますから」

「それでけっこうです」

これで、上村と美咲の足は決まった。明美は葉子を見た。

「車にはもう一人乗れますけど」

葉子は迷っていた。葉子も自宅へ帰りたいのはやまやまだった。しかし、友香里の消息がつかめないからといって、なにもせず被災地を離れるのは道義に反するように思えた。とはいえ、残っていてもできることがあるかどうか不明だ。とくに足の怪我が治るまでは、無駄にこの地の食糧や水を減らしているだけともいえる。

「じゃ、ご一緒にお願いします」

葉子は頭をさげた。


しかし、当日の出発とはならなかった。午後二時すぎ、晴紀が若林区内の病院で見つかったのだ。勝成が見つけた。

晴紀は足を骨折していた。友香里を捜すために後先かまわず被災地に分け入り、転倒して骨折し、動けなくなったのだ。携帯電話は泥の中に落とした影響か、作動しなくなった。結果、一晩、誰の助けもなくその場ですごした。自衛隊に発見された時は低体温症にもかかって意識が朦朧《もうろう》としていたという。

しかし、晴紀のダメージは体よりも心にあった。友香里が未だ発見されていないという事実を知った時から、晴紀は虚《うつ》ろな目をして口を開かなくなったという。葉子は晴紀の気持ちを考えると、涙がこぼれてとまらなかった。十四年越しの恋を実らせようとした前日に、花嫁が震災に巻き込まれて行方不明になったのだ。こんな悲劇はない。

そんな甥を置いてさっさと自宅へ帰れるほど、藤堂夫妻は薄情ではなかった。晴紀の血縁者の中で重記が最も近いというのも、藤堂夫妻が晴紀を放置できない理由だっただろう。

藤堂夫妻が晴紀のアパートに移ったので、ホテルのツイン・ルームがひとつあいた。そこに、上村と、避難所暮らしを厭《いと》うた勝成が泊まることになった。葉子と美咲はひきつづき同じ部屋をとれた。コンピュータが回復し、宿泊の手続きはスムーズに行なわれた。

上村は寝場所を確保すると、ホテルを出ていった。情報収集のために精力的に街なかを歩きまわったようだ。上村が山形へのバス便が出るという情報をホテルにもち帰ったのは、夕方のことである。

「山形へ行ってどうするんですか」

葉子は混乱して聞いた。

「山形から飛行機で東京に帰ります。あるいは、新潟に移動して、上越新幹線で東京に帰ることもできます」

十一日は地震後ＪＲ東日本のすべての新幹線が運休になっていたが、上越新幹線は長野新幹線とともに今夕から運転を再開したということだ。

しかし、山形や新潟へまわる経路は葉子には想像もつかない。

「ずいぶんかかるんでしょうね」

「通常だと、山形まで一時間かそこらだそうです。ただ、今回は一般道路を通っていくので、それよりかかるだろうとのことでした」

「山形から東京まで飛行機は何便もあるのかしら」

美咲が聞く。上村はまるでその道の係り官のようにてきぱきと答えた。

「臨時便を飛ばすということのようですよ。普段は一往復かそこらだけれど、もっと飛ぶのは確実です」

「ふむ」と、美咲は腕を組んだ。

「藤堂さんが明日帰るとは思えないし、その経路で帰ったほうがいいわね。予約しておかないと、満席になっちゃうんじゃないかしら」

上村はにっこりと笑った。

「実は、もう三人分予約してきたんです」

「あら、ありがとうございます」

美咲は言ったが、葉子はもうひとつ乗りきれない。

「私はどうしても月曜日までに帰らなければならないことはないから」

「え、そうなの」

「夫も無理して帰ってこなくていいと言っているし」

震災後の一度きりの電話で、新一は、葉子の足が治るまで帰ってこなくてもいいと言っていた。現在、携帯は通話が不能になっているけれど、メールだけはやりとりできる。母親や一久から届いているから、まちがいない。しかし、新一からは音沙汰なしだ。こちらも出していないのだから文句を言えた筋合いではないのだろうけれど、とにかく新一はさしせまって葉子を必要としていない、というのが葉子の結論だ。

「そうか。仕事をもっている藤堂さんがいくら甥が心配だといってもそうそう仙台にとどまっているわけにもいかないし、せいぜい二日三日遅くなる程度よね、きっと」

美咲は考え込むふうだ。藤堂の車に乗れれば、宇都宮からは電車が動いているだろうし、山形から大回りするよりも苦労の少ない旅になるにちがいない。

「松山さんも、藤堂さんの車で帰りますか」

上村は、それを勧めているとも勧めていないともつかない中立的な口調で聞いた。美咲は間髪を容《い》れず、首をふった。

「いいえ。月曜日の午前中まではなんとしても帰りたいんです。明日じゅうに帰れればもっといいけれど。だから、上村さんとご一緒します」

帰る理由のある人はいいな。葉子はふと思った。

3・13（日）

上村と美咲は早朝に出立した。並んで去っていく二人の後ろ姿を見送りながら、葉子はなかなかいいんじゃないかと思った。背格好が合っている。これを機会に美咲は無責任な五十男のことなど忘れ、上村と恋仲になるといいのだ。

上村と美咲がいなくなってあいた二台のベッドに、友香里の両親が入ることになった。狭苦しく不自由な避難所からの脱出だった。重記が車を出して、午前中に二人を連れてきた。

葉子は、友香里の両親、昭夫《あきお》と邦子《くにこ》に一度会ったことがある。学生時代、友香里のアパートに遊びにいったら、ちょうど両親が来ていたのだ。そのころ友香里の家はまだ農地をたっぷり持っていたらしいが、二人とも土臭さはまったくなく、邦子など、友香里の年の離れたお姉さんといっても通用するくらい若々しかった。観劇のために上京して娘の部屋に泊まったということからも、友香里の両親の生活ぶりが窺えた——もっとも、友香里にとっては予告なしの上京だったらしいから、あるいは娘の暮らしぶりを抜き打ちで偵察するのが真の目的だったのかもしれない――。

しかし、重記の車で運び込まれた昭夫も邦子も、そのころの面影はまるでなかった。昭夫は頭髪が見事に白く、下手をすると父親の勝成と同世代に見えた。津波から逃げる時にくじいたとかで、足をひきずっている。

邦子は、頭を栗色に染めていたらしいけれど髪の根もとが白くなったうえにざんばら髪の状態だったし、化粧のない顔は皺だらけだった。こちらも、勝成と同じ世代といっても過言ではない外見だ。しかし、いまの邦子にはそんなことを気にする余裕はないようだった。風邪をひいたのかしきりに咳《せき》をし、細かく震えていた。

「寒い」

と、邦子はくりかえした。

「食べるものもろくになかったたっちゃ」と、昭夫が方言まるだしで言った。「避難所は一日おにぎり二個だった。だのに、こっちへ来たら、ビルひとつかたむいちゃいねえ。別世界に来たみていだ。たった十数キロしか離れてねえのに。もっと助けがあってもいいんじゃねえか」

「まったくです」

と、重記は相槌《あいづち》を打った。津波の被害を免れた場所でもライフラインの切断は経験したし、それがまだ復旧していない地域もある。また、食糧やガソリンを入手するのに苦労もしている。しかし、避難所に入るしかなかった人たちにむかって言える愚痴ではない。

昭夫はルームサービスの親子丼をむさぼり食べたが、邦子は食欲がないようで半分近く残した。

「熱があるんじゃないですか」

葉子は重記に耳打ちした。

「そうかもしれませんね。でも、一般の病人を受け付けてくれる病院もないし、しばらく様子を見るしかないでしょう」

邦子は弱りきっているのに、風呂に入りたがった。それで、葉子がつきそって入浴させた。そのあと邦子は、美咲が使っていたベッドに横たわった。避難所できっと眠れない日をすごしたのだろう。たちまち底深い眠りに落ちていった。

葉子は、釈然としない思いで邦子の寝顔を見守った。邦子の口から一度も友香里にかんする言葉は漏れていない。寒いとか入浴したいとか眠いとか下着を取り替えたいとか、そういったことばかりだ。友香里がまだ発見されていないのに、心配ではないのだろうか。まず、自分の生理的欲求を満たすほうが、娘の安否よりも重大なのだろうか。相手の家族環境を問題視して結婚を反対したのは娘を愛していたからではなく、ただただ家の面子《メンツ》のためだったのだろうか。もっとも、邦子が友香里の結婚に反対したのかどうかは分からないけれど。

昭夫のほうははっきりと友香里の身を案じ、焦燥していた。

「もう地震から四十八時間近く経つ。救助される人はされているにちがいない」

「まだ四十八時間ですよ。七十二時間が目安になるということですから」

重記が言った。七十二時間が目安というのは、それ以降は生存率が大きく下がるということをさしているのだろうが、そこは伏せている。そのせいなのかどうか、その会話を耳にしていても、邦子の表情は動かなかった。


底深い眠り、と見えたのは誤りだったのか、三十分も経ったころに邦子は、わっというような声をあげた。

「どうしました」

自分のベッド上で母親へのメールを打っていた葉子は、急いで邦子の枕もとへ行った。

邦子は額に玉の汗を浮かべて、葉子を見た。「津波が」とつぶやくように言った。

「大丈夫ですよ。ここは海から遠く離れたホテルの三階ですからね、たとえ津波が起きてもここまでは来ません」

「ああ、そうか。そうなんだね」

「ゆっくり休んでください。避難所では眠られなかったのでしょう」

「ええ、まるきり。だけど、それはいいのよ。眠られないなんてことは」

「そうなんですか」

「ええ。むしろ、眠ってしまうほうが恐いの。二度と目が覚めないんじゃないかと思って」

ちょっと言葉を切ってからつけくわえた。「でも、本当は二度と目が覚めないほうがよかったのかもしれないけれど」

「そんな」

「いいえ、本当よ。私、津波にさらわれて、人の家の屋根の上まで運ばれて、そこでお父さんに見つけられたんだけれど、見つかるまで気を失っていたらしいの。お父さんに揺さぶり起こされた時、辺りの景色を見て」邦子は大きく息を吸ってから、言った。「目を覚まさせないでくれればよかったのに、と思ったわ」

「そんな」

と、葉子はくりかえした。ほかに言う言葉が思いつかなかった。

邦子はじっと天井を見つめた。友香里のことを考えているんじゃないかと、葉子は思った。どうしてか分からないけれど、邦子は友香里について口にするまいと決意しているように見えた。

十三日の午後は淡々とすぎていった。

夜、メールが二本入った。一本は美咲からだった。

『無事、東京についた。部屋の中が泥棒にかきまわされたみたいだった。もちろん泥棒ではなく地震のせい。こっちは明日から計画停電だとか。いろいろ大変。』

大変と書きながら、なんとなく楽しそうな調子だった。やはり二人と一緒に帰ればよかったかと、葉子はいくぶん後悔した。

二本目は、新一からだった。

『いつ帰るの？』

たったこれだけだ。省エネもはなはだしい。葉子も真似た。

『明日は無理だと思う。』

実際には、無理かどうか分からなかった。重記は、明美を晴紀のもとに残して自分一人帰ることを考えはじめているようだった。そうなれば、明日の夜にはもう我が家についている可能性もあった。

予定より早く帰ってきた妻に新一が喜ぶと、葉子には確信できなかった。以前だったら、喜ぶにちがいないと決めつけていただろう。しかし、葉子を仙台に送り出してからの新一はどうも素っ気ない。あの夜中の喧嘩ともいえない喧嘩がまだ尾をひいているのだろうか。だとしたら、新一も意外に執念深い人だ。

3・14（月）

どこかでバンバンという激しい音がして、葉子は目を覚ました。部屋の中はまだ暗い。しかし、ベッドサイドの時計は午前六時をまわっていた。ゆうべ邦子がうなされるたびに起きて慰めたので、葉子の頭は朦朧としていた。バンバンというのがドアを叩く音であることに気づくのに時間がかかった。その間に隣のベッドから邦子が起き上がり、ドアへむかった。

病人に先んじられたことを知って、葉子は慌てて起き、ドアへ行った。葉子のベッドのほうがドアに近かった。しかし、邦子がドアをあけた。なにか予感でもあったような、力のある動作だった。

葉子は自分の目が信じられなかった。まだベッドにいて、夢をみているのではないかと疑った。そこには友香里が立っていたのだ。

「お母さん」

と、友香里は言った。

「友香里」

と、邦子は言った。

二人はどちらからともなく近寄った。抱きあって、声をたてずに泣き出した。

葉子は長いこと無視されていた。しかし、もちろん腹などたたなかった。

友香里は、男ものの古びたジャンパーを着ていた。はいているジーパンも裾《すそ》を二折りか三折りしていたから、男ものかもしれない。いずれにしろ、はき古したものだ。友香里の髪の毛はごわごわとしていた。かすかに異臭を漂わせているようだけれど、胸が悪くなるほどではなかった。

そういったことを、葉子は二人が泣いている間に観察するともなく観察した。それから、はたと気がついて、勝成と昭夫の眠る部屋へ飛んでいった。二人ともまだ友香里の生還を知らないにちがいない。実際その通りだった。

男たちを連れて部屋に戻ってくると、友香里と邦子はベッドに並んで腰かけていた。邦子はまだ泣いていて、友香里が邦子の背中を撫でていた。

勝成と昭夫がゆっくりと友香里に近づき、その手や頬に触れた。それはまるで、目の前の友香里が蜃気楼《しんきろう》か幻ではないかと確かめているような仕種だった。

葉子は遠慮して戸口に佇んでいた。友香里は、勝成や昭夫の気がすむと、葉子にほほえみかけた。

「葉子、待っていてくれたのね」

「無事でよかったわ」

言ったとたん、葉子の目からも涙がこぼれ落ちた。

「心配かけてごめん。バスを待っていたら、友達が車で通りかかったんで、それに乗せてもらったの、街へ行くということだったから。ところが、乗ってすぐに彼女のお姉さんから電話がかかってきて、大津波警報が出ているから、小学校に娘を迎えにいってほしいというの。小学校は街とは逆方向の海側にあったから、その場でおりればよかったんだけれど、なんとなく、本当になんとなくずるずると乗っていたの。そうしたら、前から津波がやってきて……」

友香里の顔を、名状しがたい感情がよぎった。葉子は、その感情が、上村が石巻での体験を一言で片づけた時に見せたものと同じだということに気がついた。

友香里は首をひとふりして、その感情を追い払った。

「友達と車を捨てて、誰の家とも知らない二階建てに逃げ込んだわ。すごくラッキーだったのは、その家の基礎が高くできていて、しかも住人の姿はなかったのに、玄関のドアに鍵がかかっていなかったということ。水は二階のぎりぎりでとどまってくれて、私たちはずぶ濡れになることもなく、そこで一晩すごすことができたの。次の日、水がひきはじめたんで出ようとしたんだけれど、階段の下は泥の海で、とてもそこを通り抜ける自信がなかったので、救援が来るのを待ちつづけたの。ヘリコプターが頭上を通るたびにベランダでハンカチをふったんだけれど、なかなか見つけてもらえなくて、自衛隊の手助けで脱出できたのは、昨日の夕方になってからだった。そのまま避難所に連れていかれて、おむすびを一個もらって人心地ついて、みんなを捜す意欲が湧いてきたのよ」

「おまえ、携帯は？」

勝成が聞いた。

「そうだよ。みんなで何度、電話やメールをしたか」

「友達も私も手に握りしめて走っていたんだけれど、いつの間にかなくなっていたの。コートのポケットかバッグに入れておくべきだったと、二人で後悔しあったわ。携帯さえあれば、もっと早く救助されていたにちがいないんだから」

「でも、よかったよ。とにかく助かった」

昭夫が言った。すると、邦子が胸を張って言った。

「私は信じていたよ、友香里は必ず生きているって」

友香里はうなずいた。

「ありがとう」


友香里が、家族がこのホテルにいると分かったのは、避難所を出て真っ先に結婚後住む予定のアパートへ行ったからだ。そこが施錠されていたので、晴紀のアパートを訪ねた。そして藤堂夫妻と会い、この間の事情を知ったのだ。

晴紀のいる病院へ行くよりも先にホテルへ来たのは、誰よりも家族の無事な顔が見たかったせいなのかどうかについて、邦子は知りたがったけれど、友香里は黙して語らなかった。葉子があとからこっそり聞いたところによれば、自分があんまりひどい格好をしているので──晴紀のアパートへ行き、晴紀の衣類を借りて着るまでずっと津波に襲われた時のひどい状態のままだったという──、ホテルでせめて髪や体を洗ってから晴紀と会いたかったということだ。それは女心としてうなずけるものだった。

ともあれ、友香里が先にホテルへ来てくれたおかげで、葉子は感動的な場面に立ちあうことができた。友香里と家族との再会もそうだったけれど、友香里と晴紀の再会も胸が熱くなるものだった。

親類縁者の見守る中、友香里と晴紀は派手に抱きあったりはしなかった。まず両手を握りあい、見つめあい、そしてぽろぽろと透明な涙をこぼしあったのだった。

「生きていてよかった」

と、晴紀はつぶやいた。

「うん。心配かけてごめんね」

と、友香里はつぶやき返した。元気ものという印象の友香里からはかけ離れた、とても静かな心の交流だった。

新一と自分がこういう境遇に陥ったら、再会の第一声はどんなものになるだろう。二人と変わらないだろうか。葉子は想像しようとしたけれど、想像がつかなかった。

友香里と晴紀の再会を見届けてから、藤堂夫妻は帰宅の途についた。最初の約束通り、葉子も便乗させてもらった。

3・15（火）

仙台を出発したのは十四日の午前十一時だった。高速道路が一般車両の通行を禁止していたため、普段よりかかるだろうと見越して、早めに出たのである。しかし、それでも甘すぎる見通しだったことは間もなく分かった。どんなに遅くとも午後八時ごろまでにつくだろうと重記は言っていたのだが、各所で渋滞や通行不能な道路があり、忍耐のドライブとなった。宇都宮についたのは、なんと十五日の午前五時をまわったころだった。しかし、それはむしろ葉子にとっては幸運だったのだ。十四日は、東北新幹線はまだ復旧しておらず、宇都宮線も計画停電のため全面運休していたからだ。このことを、葉子は迂闊《うかつ》にも帰宅して母親と連絡をとってから知った。

もっとも、十五日にしても、電車の本数はかなり間引かれていた。それに、駅構内がひどく暗かった。仙台とくらべても遜色のないほど、人工の明かりが消えていた。私のいない間に東京はどうなっちゃったのだろう、と葉子は思った。

なんとはなしの不安をひきずって、葉子は我が家のマンションに帰りついた。

すると、一階の我が家の郵便受けから新聞が溢れ出そうになっていた。ダイアル式の錠を解いて郵便受けを開くと、土曜日の夕刊、日曜日の朝刊、月曜日の朝刊と夕刊、そして今日の朝刊が出てきた。郵便物はしようもないダイレクトメールが数通。

電車がとまった金曜日には、新一は帰宅したのだろう。それから、土曜日の夕刊が配達される前に外出した。そして、そのまま帰宅していない？

この間、新一と携帯でやりとりしたのは四回。いったいどこにいる新一と連絡をとりあっていたというのだろう。

十一日の夜の通話、これは帰宅途中だと言っていた。それから、二回目は十三日、メールでいつ帰るのか質問してきた。あれはどこで打ったメールだったのだろう。三回目は昨日、『仙台を出発したので夜遅く帰れると思う。』という葉子のメールに、『分かった。』というメールが返ってきた。あれも、どこにいて受送信したメールだったのか。さらに四回目はゆうべの六時すぎ、当日中の帰宅は無理と分かってその旨メールした。すると、『了解。気をつけて。』というメールが来た。あれも、このマンションではないほかの場所で受送信したということか。

それとも、新一は自宅にいるのだけれど新聞をとりにくることもできない身体的状態にある？　だから、あんなにぶっきらぼうなメールしかよこさなかった？　はたと気がついて、葉子は急いでエレベーターに乗り、自宅のある四階へ行った。鍵をあけ、

「ただいま」

大声を出しながら、家に入っていく。

新一が家の中で倒れている、などということはなかった。ただ、家の中にいくつか異常があった。キッチンの片隅に、割れた食器を詰めた袋が置かれていた。それから、ごみ箱に血のついたティッシュが何枚か捨てられていた。

思うに、地震で戸棚の開き戸があき、中から食器が落ちて割れたのだろう。金曜日の夜遅く会社から歩いて帰りついた新一はそれを見つけて始末したけれど、その際手を切ったのだろう。

その時の傷からばい菌が入って入院した、なんていうことはあるかしら。葉子はティッシュについた血を眺めながら考えた。

それほどの出血とは思えない。葉子の足の怪我のほうがずっと重いだろう。そういえば、東京に帰ったら病院へ行って抜糸してもらうように言われていたことを思い出した。だが、いまは新一の行方だ。

その時、携帯が鳴った。新一かと思ったが、画面に表示されたのは『伸子』だった。母親だ。

「もしもし」

『もしもし。いまどこ』

「家よ」

『帰りついたのね。よかったわね、電車が動いていて』

そこで、葉子は計画停電で首都圏の電車が昨日から大混乱に陥っていたことを知った。

『ま、停電はともかく、原発が大変なことになっているのは知っているわね』

「知らない」

『なんて呑気なの』

仲子は叱責《しっせき》する調子になった。

『テレビをつけてごらん。福島の原発が三基並んで白い煙をあげているから』

言われるままに、テレビをつけた。確かにライブ中継と記して、テレビは煙をあげる建物を映し出していた。葉子の目には火事の現場としか映らなかったが、仲子は真剣に言う。

『あなた、今日、外に出ちゃ駄目よ。風が関東にむかって吹いているからね。放射能がこっちに来るわよ』

「はあ？」

『聞いていないかしら。今朝、2号機と4号機まで爆発やら火災やらを起こしたの。とんでもないわよ。日本の技術がこんなにお粗末だなんて思わなかった。だいたいね』

何百キロも離れた原発よりも、葉子は個人的に深刻な問題を抱えている。仲子の言葉を遮って、言った。

「新一がいないの」

『え？』

仲子は戸惑った声をあげてから、言った。

『そりゃ、いないでしょう。もう会社に行っている時間でしょう』

「そうじゃなくて、郵便受けに土曜日の夜からの新聞が溜まっていたの。土曜日の夜からどこかへ行っちゃって、帰っていないんだわ」

『へえ。実家かしら』

　新一の実家は高崎にある。母親が二年前に亡くなり、父親が一人で駅近くのマンションに暮らしている。あまり仲のいい親子ではないけれど、葉子がいない間の休みに帰っているということはなくはないだろう。新幹線を使えば、高崎から直接出社することも可能だ。

『でも、昨日は計画停電のせいで予定の行動がとれなかったことに懲りて、ゆうべは銀行に泊まり込むかホテルをとった、とか』

　伸子の推測通りならいいけれど、それでは葉子の腑《ふ》に落ちない。

「実家に帰っているなら、そう言うと思うわ」

『じゃあ、関西へ逃げた、とか』

「なにそれ」

『土曜日に1号機が爆発したから、それで放射能を恐れて関西へむかった。本当はお母さん、あなたや一久、それから新一さんにも関西へ逃げてほしいのよね。私やお父さんはいいけれど、あなたたちはこれから子供を産む人だからね』

伸子の声には切実さが籠《こも》っていたけれど、葉子にはほとんど理解不能の発言だった。葉子は憮然《ぶぜん》とした。

「新一がなんだか知らないけれど、私を置いて関西へ逃げたっていうの」

『いや、関西かどうか、あなたを置いていったかどうか、知らないけれど』

「お母さんたら、あんまり無責任なことを言わないで」

伸子はしばらく黙っていた。葉子は、自分が泣きかけていることに気がついた。テレビの画面が煙のせいではなくぼやけている。

やがて伸子は、躊躇いがちに言った。

『葉子、もしかして、新一さんとうまくいっていないの』

葉子は、答えなかった。答えられなかった。新一の浮気を疑っていないではなかったけれど、うまくいっていないという認識はなかった。でも、非常時に綿密に連絡をとりあわないということは、うまくいっていないという証拠なのかもしれない。行方不明になった婚約者を必死で捜して怪我をした晴紀、半年前に別れを告げたのに被災地に行っていると知ってメールせずにいられなかった美咲の元彼、その二人のことを考えれば、新一はあまりにも冷淡すぎはしなかったか。

『新一さんねえ、いい大学を出ていいところにお勤めしているから、結婚相手として悪くないと思ったけれど、なんとなく軽佻浮薄《けいちょうふはく》に感じて、お母さん、不安がなくはなかったのよ、葉子を幸せにしてくれるかしらって』

「いまごろそんなことを言わないでよ」

『だって……』

それから、伸子は思いついたように聞いた。

『携帯で連絡がつかないの？』

「まだかけていない」

『かけなさいよ。あなたって、いつも人がなにかしてくれるのを待っている傾向があるでしょう。それ、よくないと思うのよ』

「だって、私、いま帰ったばかりなのよ。そこへお母さんから電話がかかってきちゃったから」

『あら、そうだったの。ごめん。切るけど、とにかく外へは出ちゃ駄目よ。換気扇もエアコンも使わないでね。室内に外気をとり入れないようにするのよ』

「はいはい」

伸子は通話を切った。しかし、葉子は携帯を手にしたまま、しばらく弄《もてあそ》んでいた。なぜか新一と話すのがそら恐ろしい気がした。

でも、このままにしておくわけにはいかない。葉子は、新一の番号を押した。新一の携帯は出られない状態にあることを告げた。葉子は留守電に「帰ってきたよ。いまどこ。電話ちょうだい」と吹き込んだ。

急に激しい疲労を感じた。葉子は、風呂を沸かして入り、金曜日からの垢《あか》をすっかり洗い落とした。そのあとパジャマを着てベッドに入ったが、疲ればかりが先行して睡魔は影さえ訪れなかった。

そのうちに、赤ん坊の泣き声が聞こえてきた。また隣の子供だ。

葉子は耳をすませた。もしかしたら、赤ん坊の声ではなく、猫の声かもしれない。

しかし、それはどう考えても猫ではなく赤ん坊だった。

なぜか、震災で失われた多くの命が葉子の胸に揺らめいた。

葉子は意を決した。心配しているだけでは、防げるはずの悲劇を生じさせてしまうことになるかもしれない。起き上がり、服に着替えて、玄関へ出ていった。

ドアをあけると、赤ん坊の声はいっそう鮮明になった。隣の玄関ドアに耳をよせる。赤ん坊は、玄関で泣いているらしかった。葉子はドアをゆるやかに叩いた。

「どうしたの。なにかあったの」

瞬時、赤ん坊の声が泣きやみ、それからまた激しくなった。なにかを訴えるような泣き方だ。いよいよ放置しておけなくなって、葉子はドアノブに手をかけた。思いがけず、それは開いた。

ドアの内側から、赤ん坊がころりと転がり出た。葉子は、危ういところで赤ん坊を抱きとめた。

まん丸い目に涙をいっぱいくっつけて、赤ん坊は葉子を見上げた。それからまた、わっと泣き出した。一歳の半ばくらいだろうか。二歳にはなっていないだろう。空色の服を着ているので、多分男の子。

「どうしたの。ママはどこへ行ったの」

葉子は赤ん坊を抱きあげようとした。すると、奥から声がした。

「どちらさまですか」

女性が出てきた。スエットスーツ姿に黒縁の眼鏡をかけ、長い髪を無造作に一本に束ねている。葉子と同年齢くらいの疲れた表情の女性だ。

赤ん坊は女性をふりかえり、すぐさま彼女の足にしがみついた。葉子は逃げ出したくなったが、踏みとどまり、言った。

「こんにちは、隣の二宮です」

「はあ？」

「赤ちゃんの泣き声がするものですから、気になって」

女性は頰を染めた。

「うるさかったですか。申し訳ありません。聞こえていないと思っていました」

「あ、いえ、そうではなくて、なんだかとても心配だったものですから」

もしかしてあなたが幼児虐待しているのではないかと疑って、とも言えず、

「おうちの中でなにかあったのではないかと」

と言った。女性は赤ん坊を抱きあげた。赤ん坊は手足をばたばたさせ、しきりにドアのほうを指さしている。「んもんも」と声をあげているのは、「おんも」と言っているのだろうか。

「歩きはじめてから、外に出たがって困るんです。日に一回、ベビーカーでお散歩には連れていっているんですが、それだけじゃ足りないみたいで。でも、車も多いし、ベビーカーからおろして遊ばせられるような場所もそれほどないし。欲求不満がたまると、こうやって玄関のところへ来て泣いているんです。でも泣き疲れると、眠ってくれるので、それはそれでいいと放置していたんですが」

ご迷惑だったでしょうか、という目つきだ。葉子は慌てて首をふった。

「それならいいんです。原因が分かれば、安心ですから。どうも失礼しました」

「いえ、こちらこそ、お騒がせしました」

葉子がドアをしめようとすると、赤ん坊がまた泣きはじめた。葉子はふと思いついて、二人をふりかえった。

「今日はもうお散歩、出られました？」

「いえ、まだです」

「今日はおうちにいたほうがいいかもしれませんね。放射能が飛んでくる危険がありますから」

「そうでしょうか」

「私の母親の説なので、話半分ですけれどね」

女性は薄くほほえんだ。

「でも、用心することにします。夜泣きまでしちゃうかもしれませんけれど」

「これからは泣き声が聞こえたら、子守歌がわりにします」

「ありがとうございます。あの、久保です。この子は壮太《そうた》。よろしくお願いします」

「よろしくお願いします。バイバイ、壮太ちゃん」

葉子は二人に手をふり、ドアをしめた。壮太が泣いている、泣いている、泣いている。でも、そういうことなら、もう気にしない。いくらでも泣けばいい。

思い切って話しにいってよかった。わりとよさそうな人じゃない？　葉子は鼻歌でも歌いたい気分で、自宅に戻った。

タイミングよく、携帯が鳴りはじめた。新一だ、と、葉子は携帯を置いた食卓へ飛んでいった。

しかし、画面には美咲の名前が表示されていた。葉子は少なからず落胆して、通話ボタンを押した。

『もしもし』

美咲の声は低く抑えられていた。それにもかかわらず、細波《さざなみ》のように興奮が伝わってくる。

「もしもし、どうしたの」

『あのね、あのね』

「うん？」

『彼の奥さんが今朝亡くなったの」

葉子は二の句が継げなかった。

『地震のせいなの。あの揺れで、一気に容体が悪化したんですって。ショックだったのね』

「どうしてそれを知っているの。噂？」

『彼から聞いたの』

「復活したの、あなたと彼？」

一呼吸分の間。それから、美咲は明瞭に『うん』と言った。

『背徳的だよね。でも』美咲は、ふりしぼるような声を出した。『喜んでしまう自分がいるの』

葉子はなんと言っていいか分からない。背徳的だと罵《ののし》ることも、喜んでいる美咲を受けとめてあげることも、できない。脳裏に、両手を握りあって静かに涙を流していた友香里と晴紀の姿が浮かぶ。あの二人の愛なら、全面的に祝福できるのに。

「騙されているんじゃないの」とうとう葉子は言ってしまう。「彼、ペースメーカーを入れているんでしょう。まわりに世話をしてくれる人がほしくて、奥さんをなくしそうなものだから、もう一度あなたに接近したんじゃないの」

ちっぽけな機械のむこうに長い沈黙がおりた。葉子が切ってしまいたくなったころ、やっと声がした。

『彼のほうが打算でもいい。私のほうも、打算、だったのかもしれない。仕事いろいろ教えてもらうのに都合よかったし。でも、彼と一緒に人生を歩みたいといういまの気持ちは真実だし、その気持ちに忠実でいたいの』

自分に言い聞かせるような口調だ。

「そう。それならば、私、言うことないし」

そもそも、忠告を求められたわけじゃない。案ずるのは無用なお節介だったかもしれない。

「うまくいくといいね」

これは、本心から言った。

『ありがとう』

それから、美咲はがらりと調子を変えた。

『私、あなたの個人情報、洩らしちゃった』

「え?」

『上村さん。道中、あなたのことばかり聞くものだから、あなたの携帯の番号、教えちゃった。そのうちに電話が行くかもしれない』

「えー、なんてことするのよ」

『大丈夫だよ。ただ、003似のあなたにちょっと論文を読んでほしいだけだというから』

「003ってなによ」

『石ノ森章太郎の漫画のヒロインよ。石巻の駅前に立っていたんだって。津波でどうなったか、すごく気にしていた』

美咲はなんのことやらさっぱり分からないことを言った挙げ句、

『あ、もう職場に戻らなきゃ』

一方的に電話を切ってしまった。

本当にこの人、悲劇的な恋愛なんかしているの？　葉子は画面を睨みつけるというなんの益もない行為をしてから、携帯を閉じた。


新一から連絡が来たのは、夜の七時をすぎてからだった。しかもメールだった。

『あと十五分でつくから。』

どうして帰宅の十五分前に予告のメールなどよこすのだ？　おかしい。おかしすぎる。

葉子は、新婚旅行以来タンスの奥底にしまいこんだピンクのネグリジェにでも着替えていようかと思ったが、やめた。むしろ、化粧を直し、衣服を整えて、新一の帰りを待った。ある種の予感が働いていたのかもしれない。

七時半に玄関のチャイムが鳴った。新一は自分の鍵であけて入ってこないつもりらしい。葉子は唇をひき結んで玄関へ出ていき、ドアをあけた。

新一が肩をすぼめるようにして立っていた。一人ではなかった。二十代の前半くらいの女性が一緒だった。小柄だが、黒い大きな瞳が勝ち気そうな光を放っている。美人といえば美人だ。

「はじめまして。秋津沙織と申します」

「はあ。はじめまして。二宮の家内です」

なんなの、と、新一に目で聞く。

「ええと、大学の後輩で、去年からうちの銀行の窓口にいる」

「玄関ではなんですので、あがらせていただきます」

沙織が言って、中に入ってきた。新一がまるで他人の家に入るようなかしこまった態度でつづく。

「お茶はいりません」

沙織は、お茶をいれようとしていたわけでもない葉子にむかって言う。

食卓の丸テーブルに、三人は座った。

「お話があって来ました」

沙織は言った。それはそうなんだろう。いくら葉子が鈍くても、いろんなことが想像できる。新一はこの子と不倫しているのだろうか。多分そうなのだろう。

もともと不倫を疑ってはいたけれど、実際に事実を眼前に突きつけられると、信じられない思いが湧いてくる。だいたい、不倫相手と一緒に帰宅するなんていうことがあっていいものだろうか。

「なんでしょう」

「単刀直入に言います。ご主人と別れてください」

葉子は、新しい人類に相まみえた気がした。いくらなんでも、夫の不倫相手から離婚を迫られるとは想像もしていなかった。離婚を口にするとしたら、沙織ではなく、新一であるべきだ。しかし、新一は黙りこくっている。だから、葉子も黙っていた。

心に乱れはなかった。それについては自分でも奇異に感ずるほどだった。私の心は石ででもできているのかしら。それとも、衝撃は受けているのだけれど、それが大きすぎて心が麻痺してしまったのかしら。

沙織は葉子の反応を待つ様子だった。しかし、葉子がいつまでも口をつぐんでいるので、ふたたび自分から言った。

「説明しなくても分かると思いますが、私と新一さんは恋愛関係にあります」

「恋愛関係ですか、不倫ではなくて？」

葉子は新一を見た。新一は首をすくめた。

「はじめは不倫……」

沙織は、途中で新一の言葉を奪いとった。勝ち誇ったように言った。

「私、子供ができたんです」

あっという間に、葉子の石の心が崩れた。そこにあるのは、殴られれば痛みを感ずる生身の肉だった。刺されれば赤い血の噴き出る生身の肉だった。葉子は、ディズニーランドで年下の恋人が女の子といるところを目撃した時の情景をぼんやりと思い起こした。

「だから、この人と結婚するの？　責任をとって？」

新一に言ったのだが、またしても沙織が返事を横取りした。

「責任をとるんじゃなくて、愛です。私たち、温かい家庭をつくるんです」

「まるで私たちの家庭が温かくないみたい」

葉子はつぶやいた。

「やっぱり子供のいるのといないのとじゃ、家庭の意味がちがってくるかと」

新一が口の中で言った。葉子は聞き捨てならなかった。

「あなた、子供は嫌いだって言ったじゃない」

新一は目を見開いた。

「俺がいつそんなことを言った？」

「言ったでしょう、プロポーズした日の食事の時に」

「そんなこと言った？　ああ、そうか。隣のテーブルで子供が騒いでいて、きみが眉をひそめていたんで、子供が嫌いなのかと聞いたら、厄介よねと答えたから、だからきっと、俺も子供は嫌いだって言ったんだ。きみの歓心を買いたくて」

　葉子は唖然とした。そうだ。新一の言う通りのシチュエーションで発せられた言葉だった。あれは葉子の歓心を買うための出まかせだったのか。

「でも、そのあともあなたは子供はいらないと何度もくりかえしていたじゃない」

　新一はますます目を大きくした。

「いらないと言っていたんじゃなく、いらないよねって確認していたんだけれど、きみはそのたびにうんと言っていたから、子供は諦めていたんだ。この間だって、赤ん坊の泣き声をうるさがっていたし」

「私が赤ん坊の泣き声をうるさがっていた？　いつ」

「ついこの前の夜中に、俺のことを起こしたじゃないか」

　葉子は愕然とした。新一は、葉子が赤ん坊の泣き声をうるさがっていると思ったのか。そうではなく、幼児虐待の可能性を恐れていただけなのに。

　言葉が足りなかったのだ。話が全然つうじていなかったのだ。

「じゃあ、あなたはずっと子供がほしかったのね」

「いや、ずっとほしかったというほどじゃないけれど、でもいれば楽しいにちがいないし」

「私だって、子供はほしかったのよ」

「え、そうなの」

葉子と新一の視線がからみあった。

いまから子供をつくる？　そう、葉子は言おうとした。

「私、新一さんと新一さんの子供をうんとうんと愛しています」

沙織は叫ぶように言った。葉子にむけて、ではなく明らかに新一にむけて。新一は多少困惑げに沙織をふりかえり、分かっているというようにうなずいた。葉子に顔を戻し、やや上目遣いっぽくなって言った。

「すごく悪いとは思っている。でも、離婚、してほしいんだ」

葉子は、新一を見つめた。

あなた、本気でそう言っているの。そう言えばいいのだろうか。

いや、ちがう。

別れないで。

言うべき言葉はそれだった。

愛しているから、別れないで。

直也にそう言ってすがりつくべきだったのだ、六年前に。

変わらなければいけない。自分を剝き出しにすることを躊躇《ちゅうちょ》していては、すべてを失ってしまう。自分の思いを素直に伝えなければならない。

わずかに目を動かしたら、沙織が視界に入った。沙織は眉をつりあげ、勝ち気そうな顔がさらに強まって般若《はんにゃ》のようだ、というのは、葉子が怒りの眼鏡をかけて見ているせいなのか。

この女と結婚したら、温かいどころか針の筵《むしろ》のような家庭ができあがるのじゃないかしら、葉子はそう思った。

でも、彼女のおなかには新一の子供がいる。その事実を無視して自分の感情を優先させるのは許されることなのだろうか。

さまざまな思考が頭の中に押しよせて収拾がつかなくなっていると、沙織が業を煮やしたように言った。

「このマンション、さしあげますから」

葉子は、意味をつかみそこねて沙織を見た。

「中古だけれどけっこう高くて、ローンの支払いも月に十万近いですよね。それ、新一さんの収入で払いつづけますから」

「それはご親切にどうも」

葉子は反射的に言った。皮肉をこめたわけではない。マンションと新一を交換しようと言われたも同然だと思ったのは、あとからのことだ。なにかをもらったらお礼を言うという習慣が出た、というのが、この時の葉子の気持ちに一番近い。

さっきから葉子と沙織の間を行き来していた新一の目が、とまった。

新一は下がり気味の目尻に力をたわめ、頬の筋肉をひきしめ、唇を一直線にした。あ、この顔、私にプロポーズをする時に見た。それから、お母さんが亡くなった時にもこんな表情になった。プロポーズの際は耳まで真っ赤に、お母さんの臨終の際には顔面蒼白になったけれど。そう思っていると、新一はバッグの口を開き、一枚の紙を出して葉子の前に置いた。

離婚届だった。すでに新一の署名と捺印《なついん》がされている。

葉子の心がさかりのついた猫のような、あるいは隣の壮太のような声をあげたけれど、新一や沙織の耳に届いたかどうかは分からない。

「用意がいいのね」

葉子の口から出た声は、自分の耳にも乾いて聞こえた。

「お願いします」

と、新一は四角ばって頭をさげた。

葉子の目の端に、沙織が笑みを広げるのが映った。葉子がこれまで見たこともないほど大きな喜色を乗せた笑みだった。

葉子は、離婚届に視線を落とした。凝視していると、『二宮新一』と几帳面《きちょうめん》に書かれた文字がだんだんとぼやけて失せた。

「いますぐとは言いません」

沙織の声に、葉子は我に返った。沙織は、なぜかすっかり温和な表情になっていた。もう般若の相貌はどこにもない。

「いくらなんでも、今日の今日、サインしてほしいというのは、性急すぎました。落ち着いたら、署名捺印してうちに送ってください」

どういう心境の変化だろう。新一も面食らった面持ちだ。

「でも、新一さんの心が変わることはありませんから」

沙織は、にっこり笑って釘《くぎ》を刺した。

そうか。新一が自分の手で葉子に離婚届を突きつけたから、それでやっと沙織は新一の本気を信ずることができたのだ。そして、「書類上の妻」にたいして寛容になったのだ。

私だって、何年経とうと心は変わらない。そう言ってやりたかった。けれど、唇が動かない。沙織を寛容にした新一の本気は、葉子をしたたかに打ちのめしたから。

「離婚して同じ職場の後輩と結婚したら、あなたの出世競争に響かないの」

葉子は力をふりしぼって言った。せめてもの毒矢を放ったつもりだった。しかし、沙織が瞳を煌めかせて答えた。

「大丈夫です。新一さんは近いうちに銀行を辞めて、うちの旅館業を手伝ってくれることになっていますから」

「銀行を辞めるなんて信じられない」

新一は小さく首をふった。辞めないさ、という意味なのか、きみは俺を知らないのさ、という意味なのか、葉子にはつかめなかった。


新一はいくらかの着替えを持ったのち、今度の日曜に本格的に引っ越しの支度に来ると言って、沙織とともに沙織のアパートへ「帰って」行った。

葉子は久々に家計簿を前にした。

『なにこれ。』

散々考えた末に、そう書いた。十年経ってこれを読んだ時に、この日なにがあったか思い出せるだろうか。

3・16（水）

近くのスーパーマーケットにトイレットペーパーを買いに行ったら、売り切れていた。物不足についてテレビでなにか言っていたようだけれど、気にもとめていなかった。確かにスーパーの品物が全体に少ないように見える。しかしなにしろ、こちらはそんな日常の些《さ》事《じ》にこだわっている気分ではない。

『トイレットペーパーは午後から入荷します』という貼り紙を見て、野菜などほかのものをいくらか買って帰った。半日くらいならもつ程度のペーパーが残っていた。明日あらためて買いにくればいいと思ったのだ。

『トレペが売り切れるなんて、変な世の中。』

と、家計簿に記した。

3・17（木）

ずっと計画停電がつづいているらしいけれど、葉子のマンションの建つ一帯はいまのところ停電を免れている。だから、葉子はなんの不自由も感じず電気を使っている。テレビなどはつけっぱなしだ。見たい番組があるわけではないけれど、そこから音と光が出ているだけで、多少なりとも気が紛れる。

今朝テレビは、自衛隊が爆発した原発に空から水を注入するということで、ほとんどのチャンネルもずっとその模様を映していた。

十時少し前、遂に自衛隊の注水がはじまった。しかし、ヘリコプターは原発の上空でホバリングするわけではなく、飛びながら水を落とした。通り雨程度にすら見えなかった。核燃料を冷やすのにどれほどの役に立つか、素人の菓子にも効果のほどは疑問だった。

しかし、そんな番組を見ていたおかげで、スーパーへ行くのが遅れた。昨日と同じ十一時すぎの買い物になった。

トイレットペーパーはなかった。『午後から入荷します』といったような貼り紙もない。傷心を抱えていても、さすがに慌てた。店員をつかまえて、聞いた。

「トイレットペーパーは今日は入荷しないんですか」

「少々お待ちください」

店員は奥へ入っていき、数分ほど経ってから戻ってきた。

「明日の午前中になります」

明日までトイレットペーパーはもつだろうか？　もたせるしかない。

「ありがとうございます」

頭をさげて去ろうとしたら、呼びとめられた。

「あの、申し訳ありませんが、一時間ほど前に並んでいただかないと、お求めになれないかもしれません」

葉子は目が点になったが、冗談を言われたわけではないだろう。分かりました、とスーパーを出た。

『今日もトレペ買えず。』と家計簿に書いた。

3・18（金）

開店一時間前にスーパーへ行った。すでに行列ができていた。もっとも、二十人くらいだ。そのあと長い行列になったけれど、葉子は楽勝で買えた。買い終えたあと、もうひとつ長い行列があるのを目にとめた。

「なにに並んでいるんですか」

と最後尾のおばさんに聞くと、単一の電池だという。懐中電灯に入れるのに必要なのだという。計画停電だけではなく、いつまた地震が来て、突発的な停電が起こらないともかぎらない。その時は懐中電灯が必須だ、という。なるほどと思い、葉子はその列にも並んだ。葉子のところまで来ると電池は数えるほどしか残っていなかったが、それでも一個買うことができた。

家に帰ってきてから、単一の電池を入れる懐中電灯を持っていないことに気づいた。

『私、やっぱりおかしい。』

というのが今日の家計簿の記述になった。

3・19（土）

一日、誰にも接触しないですごしていたけれど、夜になって伸子から電話が来た。

『ほうれん草と牛乳、摂っちゃ駄目よ』

案の定、そういう電話だった。ニュースで、福島県内の牛乳と茨城県内のほうれん草から暫定規制値を超す放射能が出たと伝えていた。だから、かかってくるものと思っていた。

「食べてもただちに健康に影響はないって言っているよ」

『政府やテレビに出ている学者の言うことは鵜呑《うの》みにできないわよ。ただちに影響がないということは、あとからあるっていうことでしょう。そりゃ、私ぐらいの年齢ならたいして影響もないでしょうよ。でも、あなたたちは若いんだからね。どうなるか分からない』

「ま、新一はほうれん草は嫌いだからね」

葉子はうっかり言った。

『そういえば、新一さんとはあれからどうしているの』

母親には、いや、ほかの誰にも、離婚話が出ていることは言っていない。言いたくもない。

葉子は方向転換を試みた。

「新一はともかく、一久はどうなの。地震後、部屋から出てくるようになった？」

『たまにね。一久のことは気にしなくていいわよ』

「そうなの。でも、このまま働きにもいかないとなると、大変なんじゃない」

『一久の将来のこと、心配しているんだ』

「そりゃそうよ」

『実はね』伸子は声をひそめた。『お姉ちゃんには黙っていろと言われているんだけれど、あの子、パソコンでイラストを描いているんだって。最近は、それでお金も稼いでいるそうよ。お母さんにはよく分からないんだけれど、ブログを見る人が多くなると、お金が入る仕組みなんだとか』

思ってもみない朗報だった。葉子は、瞬間的に憂さを忘れた。

「まだ絵を捨てていなかったんだ」

『うん、だから、一久のことはいいから、新一さんとどうなっているの』

仲子はしっかり話をもとに戻した。

「そのうちゆっくり話すよ。いま忙しいから切るね」

『この時間になにが忙しいの』

みなまで言わせず、葉子は受話器を置いた。そのあと家計簿に『母を怒らせる。』と書いた。実際に怒った声は聞いていないけれど、怒ったに決まっている。

3・20（日）

午前中に新一から電話が来た。日曜日に荷物をとりにいく予定だったけれど来られない、という。

『友達から小型トラックを借りるつもりだったんだけど、ガソリンを手に入れるのが大変でね。世の中がもう少し落ち着いてからにするよ』

「私はいいわよ」

それから、疑問を口にした。

「あなた、小型トラックを持っているような友達がいたの」

『高校の友達がみんな、大学へ行っていい企業に就職できたわけじゃないよ』

「ああ、そう。私、あなたのことをなにも知らなかったのね」

『なにも、じゃなく、ほとんどなにも』

新一は言い直した。それは、やさしさなのだろうか。そんなやさしさを発揮してくれなくてもいいんだけれど。

ふと、葉子は、美咲にかわいいと言われたことを思い出した。

葉子はかわいいんだと思うよ。だから、もし二宮さんが不倫してもだね、それは浮気でしかないんだよ。

あれは美咲の完全なる誤解だ。私はかわいい妻なんかではなかったのだ。自分でもそういう自覚はある。

「ところで、小型トラックになにを積む気？」

せいぜい衣類と書籍を持っていく程度だろうと思っていたけれど、小型トラックで来るとなると、家具なども運ぶつもりなのか。

『俺の夜具一式、持ってきてもいいよね？』

「ああ、もちろんよ。ベッドも持っていってほしいわ」

『ベッドはちょっとむずかしいな。ここは１ＬＤＫしかないんでね。もっと大きなところに引っ越したら、ひきとれるけれど』

葉子の脳裏を、二台のベッドとベビーベッドが置かれた部屋が漂って消えた。

「じゃあ、それまであずかっておくわ」

『ありがとう』

新一と別居してからはじめての会話は、こんなふうに穏やかに終わった。でも、今日の家計簿には新一からの電話については書かなかった。書く必要などない。今日の一番のトピックは、『石巻で八十歳のおばあちゃんと十六歳の孫、九日ぶりに救出!』だった。

3・21(月)

雨の一日だった。葉子はだらだらとすごした。

家計簿は書くこともないので書かなかった。

いや、ないことはなかったのだ。美咲から電話が来た。

『彼にプロポーズされた』

歓喜を抑えきれない声で告げた。

美咲のせいではない。美咲の結婚と葉子の離婚話の間にはなんの相関関係もない。それでも、葉子は頭に全身の血が逆上した。

「よかったわね。新一も浮気して、その相手と結婚するというから、離婚してあげたの」

離婚したなんて嘘。まだ離婚届は手もとにある。ああ、だけど、もう持っていても無意味なんじゃないの？　無意味に決まっている。

絶句している美咲を残して、葉子は電話を切った。それから、声をあげて泣いた。自分があの日からいままで一度も涙を流していなかったことに気がついたのは、たっぷり三十分泣いたあとのことである。

そんなことを、家計簿に書き残すわけにいかない。だから、家計簿はつけなかった。

3・22（火）

昨日投函《とうかん》した離婚届が、もうついたらしい。新一からメールが来た。

『受け取りました。ありがとう。』

時刻は午後六時三十五分すぎだ。いま郵便受けを見て、早速メールしたのだろうか。

こんなに早い時間に沙織のアパートに帰ったということ？　今月いっぱいは多忙で深夜の帰宅になる予定だったのに？

葉子はいろいろと考え込みそうになって、やめた。すでに終わったことだ。

家計簿には、簡潔に『離婚』と記した。

3・23（水）

東京都の水道水から放射性物質が検出された。東京都だけではなく、千葉県でも茨城県でも、検出された。

伸子からまたしてもヒステリックな電話が来た。しかし、今回、ヒステリックになっているのは葉子の母親だけではないらしく、店頭から水のペットボトルがたちまち消えてしまったらしい。当然といえば当然か。

葉子は、蛇口をひねってコップに水を満たした。目の高さに持ち上げて、水を眺める。いつもと変わりない透明な水だった。もっとも葉子は、古いマンションの水道管は傷んでいるから生水を飲まないようにしたほうがいいという伸子の助言で、このマンションに越した時からペットボトルの水しか飲んだことがないのだけれど。

葉子はしばらく考えてから、水道水を流しに捨てた。

『十年二十年後じゃしようがない。』と、家計簿に書いた。つまり、低レベルの被曝でも即死できるなら飲んでいい気分だったのだ。

3・24（木）

東京都から出されていた、乳児の水道水の摂取制限が解除された。

そのニュースに接した時、ちょうど隣の壮太の笑い声が聞こえていた。散歩から帰ってきたところらしい。葉子は制限解除が早すぎるんじゃないかと思った。しかし、子供ができたと言った時の沙織の勝ち誇ったような表情を思い出し、ま、いいか、と考え直した。

『私には幸い子供がいないんだし。』

家計簿に書いた『幸い』の文字が、無意識に大きくなった。

3・25（金）

買い物に出てから、財布の中に千円札が一枚と小銭しか入っていないことを発見した。そういえば、すでに給料日をすぎている。財布の中身が乏しくなっても不思議はなかった。まして、今月は旅行に出たのだし。

葉子は給料がふりこまれる銀行のＡＴＭへ、つまり新一の銀行のＡＴＭへ行き、キャッシュカードを差し込んだ。

　残高が十万円となっていて、目を疑った。旅行前は七桁《けた》の数字が並んでいたはずである。給料がふりこまれなかったどころか、だいぶ引き出されたということだ。葉子は茫然として我が家へ帰った。

　家の中から給料がふりこまれる預金通帳と印鑑が消えていた。さらに、ほかに一通あった新一名義の預金通帳もなくなっていた。離婚を言い渡しにきた十五日、わずかばかりの着替えとともに持ち去ったのだろう。

　それはそうだ。元妻の手もとには置いておけないだろう。十万円残されていただけ、親切と見なさなければならないかもしれない。

　離婚するということは、専業主婦にとって定期収入がなくなるということだ。遅ればせながら、葉子は思い至った。働かなければならない。

『でも、職探しは来月からにしよう。』葉子はそう家計簿に記した。

3・26（土）

新一から連絡が来た。今回もメールだ。

『明日、荷物をとりにいってもいい？』

『どうぞ』と即、返事をした。

荷物をまとめておいてあげようか。

寝室の整理ダンスの、新一の下着が入っている引き出しをあけた。そして、ごみ袋につっこんでいった。

あいたところになにを入れよう？　最初はいくらか浮き浮きしたが、不意に虚《むな》しくなった。詰めなければならない荷物といったら、衣類と本くらいだ。そんなにかかりはしない。袋詰めを途中でやめて、そのまま放置した。

家計簿は書かなかった。

3・27（日）

新一は午前十一時に現れた。一人で来るのかと思っていたら、沙織も一緒だった。ごみ袋に入れられた下着類を見て、沙織は顔をしかめた。袋から出して、持ってきた新品の箱にきれいに畳んで入れ直した。神経質な、いや、神経の細やかな女性であるらしい。

衣類はりんご箱大の箱に三つ、本はみかん箱大の箱に二つ、その他の雑貨が同じくみかん箱大の箱に一つできた。葉子の予想よりも多かった。それでも、一時間もかからなかった。

新一が箱を外に運び出す間、沙織と二人だけになった。

「実家の旅館って、どこにあるんですか」

知りたいわけではなかったけれど、無言でいるのも気詰まりなので、聞いた。

「会津若松です」

葉子はちょっと驚いた。

「会津若松？　何県でしたっけ」

「福島県です」

「やっぱりそうよね」

「やっぱりって？」

「福島県だと、これから経営が大変なんじゃない」

沙織はきっと眉をつりあげた。

「会津若松は仙台よりも原発から遠いところにあるんです。風評被害はやめてください」

「べつにそんなつもりじゃ……」

なくはない。いくぶん嫌みを言いたかったのだ。しかし、これからの経営が大変そうだという思いは嘘ではない。だからといって、二人の今後の生活を危惧しているわけではないけれど。

新一が戻ってきた。荷物はまだひとつ残っている。蒲団袋だ。

「沙織、車に行っててくれる？　鍵かけてこなかったから」

「あら、不用心ね」

沙織は部屋を出ていった。今度は新一と二人きりの時間ができたわけだけれど、葉子は新一にかける言葉を思いつかなかった。新一も気まずそうだった。

「ほんの浮気心だったんだけど、なんだかこんなことになっちゃって」

新一はあらぬ方をむいて、もごもごと言った。

行かないで、愛している。言葉が葉子の喉までせりあがってきた。でも、口から出てきたのは、全然ちがう言葉だった。

「旅館、会津若松なんですって。本当に継ぐの」

「いや、どうかな。分からない」

「じゃあ、どうするの。銀行にいられないでしょ」

「いられるさ、出世しないと思えば」

「あなたが出世を諦めるの」

葉子が冷やかすと、新一は鼻のわきをかいた。

「銀行で出世するのもなんだかなあ、という気がしているんだ。えげつないことをいっぱいしなきゃならない」

葉子はどきりとした。

「仕事、嫌だったの」

「まあね。でも、きみにそんなこと言えなかったし」

葉子は溜め息が出た。

「私、本当にあなたのことをなにも知らなかったのね」

新一はちょっと眉をさげて、悲しそうな笑顔をつくった。蒲団袋を持ちあげ、「じゃね」と出ていった。

「じゃね」


夜、葉子は家計簿を開き、ペンを動かしかけた。そして、やめた。家計簿というのは、家庭があってはじめてつけるものだ。家庭がなくなったいま、つける必要はない。

葉子は、家計簿を天袋にしまいこんだ。そこには新一の夏の帽子が入っていたのだけれど、昼すぎから空間になっていたのだ。

3・28（月）

友香里からカードが送られてきた。ハート形の窓から二匹の小豚が顔を出したイラストがかわいい、転居通知のカードだった。

『あの日は、ご迷惑ご心配をおかけしました。おかげさまで、晴紀も退院し、新居もインフラがすべて回復して、住めるようになりました。結婚式は挙げないけれど、籍は入れました。いつか式を挙げられるかなあ。でも、いいの。命があったんだから、これ以上欲は言わない。世の中が落ち着いたら、遊びにきてください♡』

葉子は心からよかったと思い、よかったと感じられる自分を喜んだ。

藤堂友香里は日常を回復したけれど、この日までにすべての被災者が原状復帰を遂げられたわけではなかった。それどころか、二十八日現在、岩手、宮城、福島の三県で、避難者は十五万三千五百九十二人、行方不明者は一万七千三百三十四人、そして死者は一万九百四十六人にのぼっていた。

たとえば、陸前高田市の中学生田所賢一は、自分の中学校の体育館で暮らしている。しかし、両親や同級生とともにいられるから幸運だと感じている。同級生有志と壁新聞を作り、それに四コマ漫画を描いていて、けっこう充実した日々だ。

たとえば、石巻市の主婦藤田正恵も避難所暮らしだ。夫と二人きりだ。なぜか姑と巡りあえないのだ。いつか必ず会えると信じているけれど、近ごろはその確信も揺らぎはじめている。正恵は気分転換のために炊事の担当に名乗りをあげたが、夫は心ここにあらずといった様子で自分たちのスペースにじっとしていることが多い。

たとえば、仙台市のコンピュータソフト会社社長石原恒介、彼の場合は、自宅は軽微の損傷ですんだ。だから、避難所での生活を経験することはなかった。しかし、父親の仁三郎がせっかく津波から命を拾ったというのに、肺炎にかかってみまかった。一週間前のことだ。恒介もその家族も、仁三郎のいない生活にまだ馴染んでいなかった。

そして、双葉町の年金生活者大場並子は、行方不明者リストに入っている。福島第一原発事故による避難指示のため、自宅まで捜索に来てもらえないのだ。宿敵が最後まで並子の足をひっぱっているようだが、並子だって負けてはいない。崩れた顔面はしっかりと福島第一原発へむけられている。眼球は失っているが、眼窩《がんか》にはこれ以上の原発の暴虐を許さないという気魄が籠っている。まちがいなく籠っている。

3・31（木）

二十九日、三十日となにごともなくすぎ、そして三月も終わりの日になった。

携帯が鳴ったのは、朝も九時をすぎたばかりの時間だった。毎日が日曜日になってしまった葉子はまだベッドの中にいた。寝たまま携帯を開いた。知らない番号が表示されていた。普段なら放置しておくところだけれど、今朝は振り込め詐欺でもなんでも来いという気分だったので、通話ボタンを押した。

『もしもし、上村ですが』

心持ち上擦《うわず》ったような声が言った。

「上村、さん？」

『新幹線で会った』

「はい。覚えています」

『それはよかった』

少し間があいた。上村はこほんとひとつ空咳《からせき》をしてから言った。

『あ。ええと、あなたが仕事を探していると聞いて』

「私が、ですか？」

『ちがうんですか』

誰がそんなことを伝えたんだ、と考えるまでもない。美咲しかいない。美咲は葉子が離婚したと聞いて、働かなければならないと即座に考えたのだろう。さすがキャリアウーマンだ。

「いえ、探しています」

『それはよかった』上村は電話のむこうでほほえんだようだ。『一週間程度のアルバイトをしてもらいたいと思って、電話したんです』

「一週間……」

『短期じゃ駄目ですか』

仕事を辞めて三年になる。いきなり就職するよりは、まず短く働いてみたほうがいいかもしれない。

「駄目なことはないですけれど、どんなお仕事なんですか」

『確か司書の資格をもっておられるとか』

「はい、もっています」

『よかった。うちの研究室の蔵書の整理なんです』

それなら、願ってもない仕事だ。手に職をもつべきだという伸子の勧めで大学で司書の資格はとったものの、いままでは宝の持ち腐れだった。

「できます。できると思います」

『いつから来られますか。なるべく早いほうがいいんですが』

「いつからでも大丈夫です」

『じゃあ、今日のお昼に研究室に来てください』

葉子はいささか驚いた。今日の昼とは思わなかった。でも、まあ、まだ九時だから支度をする時間はたっぷりある。葉子は承知した。


上村の大学は八王子にあった。といってもJRの八王子駅のそばではなく、駅からバスに乗るか八高線《はちこう》に乗り換えるかしなければならない。葉子はバスを使ったけれど、バスがタイミングよく来たにもかかわらず、自宅から大学まで一時間ほどかかった。

九時から勤務するとして、余裕をもって七時半にはマンションを出たほうがいいだろうと考えながら大学へむかって歩いていくと、大学がなにかピンク色の霞《かすみ》に包まれて見えた。桜なのだった。校門から校舎まで、桜の並木がつづいている。しかも、それがちょうど満開を迎えていた。

この桜並木を通って一週間かようのだと思うと、葉子は心がはずんできた。

そうだ。桜は咲く。世の中にどんなことがあっても、今年も桜は咲いたし、来年も咲くだろう。

研究室で、上村はいくぶん堅苦しい雰囲気で葉子を迎え出た。

「お久しぶりです」

「お久しぶりです」

早速、蔵書のある部屋へ連れていかれた。その何万冊もの蔵書のほとんどが漫画だったので、葉子は思わず笑い出してしまった。上村が怪訝《けげん》そうに首をかしげたので、

「素敵な職場ですね」

と言うと、上村は満面に笑みを浮かべた。

この素敵な職場、というよりも見慣れない世界を、新しい人生の第一歩にしよう。葉子はそう思った。

この作品は書き下ろしです。原稿枚数376枚（400字詰め）。

それでも、桜《さくら》は咲《さ》き

矢口敦子《やぐちあつこ》

平成24年2月10日　初版発行

発行人——石原正康
編集人——永島賞二
発行所——株式会社幻冬舎
〒151-0051東京都渋谷区千駄ヶ谷4-9-7
電話　03(5411)6222(営業)
　　　03(5411)6211(編集)
振替00120-8-767643
印刷・製本—株式会社 光邦
装丁者——高橋雅之

幻冬舎文庫

ISBN978-4-344-41816-5　C0193　や-10-6